ない
令嬢は断罪エンド後に
備えて『投資』を始めた

路頭に迷いたくない悪役令嬢は断罪エンド後に備えて『投資』を始めた

斯波

illustration ザネリ

ICHIJINSHA IRIS NEO

CONTENTS

この作品はフィクションです。
実際の人物・団体・事件などには関係ありません。

路頭に迷いたくない悪役令嬢は断罪エンド後に備えて『投資』を始めた

【プロローグ　投資を始めた公爵令嬢】

ランカ＝プラッシャーは才女である。

ランカが第一王子カウロ＝シュトランドラーの婚約者になったのは、二人が六歳の頃だった。

シュトランドラー王国筆頭貴族が一つ、プラッシャー公爵家のご令嬢と、第一王子の婚約――それは誰の目から見ても順当な政略結婚への布石であった。

ランカは幼いながらも貴族としての誇りを持っていた。

幼き少女は将来王妃として、国母として君臨するための教養を身につけていった――と、これだけだったら何とも努力家のご令嬢である。

実際、ランカの努力は他の貴族の子息の意識をも変えるほどの影響力を持ち合わせていた。彼女の出席するお茶会に呼ばれることは一種のステータスとなるほどだ。

誰もがランカとの関係を強固にしたいと願った。

貴族としての嗅覚が、彼女との仲を築けと告げていたのだ。

けれどある日、ランカが取った行動によって貴族達は混乱に叩《たた》き落とされることとなる。


十歳の誕生日を境に、彼女は変わってしまったのだ。


母から受け継いだ美貌も、指通りのよい絹のような髪も、そして本人が気にしている父から遺伝した少し鋭い深海のような青い瞳も何も変わっていない。変わったのは行動だった。つい昨日まで励んでいたダンスのレッスンは乗馬時間に変わり、出入りさせていた商人はやがて宝石商から何でも屋へと変わっていった。

それだけならきっと何か思うことがあったのだろう、で終わった。けれどランカは十二歳を迎えると、誰もが目を見開いて驚く行動にでた。田舎《いなか》の村の雑貨屋へとわざわざ足を運び、この店に投資をすると言い出したのだ。貴族が気に入ったものに金を出したいと言うこと自体は決して珍しいことではない。だが十二になったばかりの子どもが『投資』という言葉を使ったのである。しかも相手は国きっての才女と呼ばれる令嬢だ。

『貴族の道楽』

契約を持ちかけられた店主の頭にその言葉がよぎった。けれどそれはすぐに泡のように消え去った。

「こちらが契約書になります。よくお読みになって、承諾してくださる場合にはこちらにサインをお願いします」

その少女が店主の前に突き出したのは『契約書』と呼ぶことに全く違和感を持つことのないそれだった。

『期間は元本完済後』

『利益が出た際のみ一パーセントの見返りを。なければなし』

仰々《ぎょうぎょう》しく書かれてはいたが、簡単に言い換えればこの二つ。

彼女が持ちかけたのは間違いなく『投資』だった。

いささかリスクに対して求めるリターンが少ないような気もしたが、それは相手が商人ではなく貴族だからなのだろう。相手はどこぞの貴族ではなく、身の保証がしっかりとされているプラッシャー家の令嬢ということもあり、店主はありがたい申し出だとすぐに契約書にサインをした。

けれどランカの奇行とも思えるその行動は、その店だけで終わることはなかった。

時間に余裕があれば、彼女は自らの足で各地に向かった。そして自らの手で投資の交渉を進めていった。

そんなランカの行動を誰も咎《とが》めなかったのは、彼女の行動が家のために繋《つな》がっていたからだ。

確かに金銭面でのリターンは多いとは言えない。経営が上手くいった、と言えないところもある。

そんな投資先には、店主や技術者達が頭を抱える前に、ランカ自ら彼らの元へと赴いて助言をする。

彼女のアドバイスはいつだって的確で、それでいて必要以上に出張ってくることはない。いつでも

『助言』以上のことはしてこなかった。


こうしてランカは多くの信頼を築いていった。

ランカの信頼度が上がる度にプラッシャー家の信頼も上がる。それでいて元手を下回ることはないのだ。

その上、貴族の令嬢として、そして王子の婚約者としてのツトメも手を抜くことはない。

そんな彼女を誰が止めることが出来ようか。

たとえなぜランカがいきなりそんな行動を取り始めたのかは謎に包まれていても、誰一人として彼女の真意を聞き出すことなど出来はしなかった。

【一章　悪役令嬢と投資】

ランカ＝プラッシャーは転生者である。

日本という国で社畜経験を五年ほど積み、過労で死んだ。そして気づけばどこかで見たことのある少女に転生していた――。

誰かにポロリとでもこぼせば頭を打ったのかと疑われるだろう。だからランカはその事実を両親にさえ告げずに、心の中でしまっておくことにした。前世の記憶を取り戻した日こそ戸惑ったものの、意外とどうにかなるもので、記憶のすり合わせを数日行えば後は自然と頭に馴染《なじ》んでいった。そして心の中にいる『日本で社畜をしていた頃の自分』と現在の『公爵令嬢の自分』を共存させながら暮らしていた。

誰にも転生者と気づかれぬまま、その記憶を生かして上手くやれている自信はあった。前世の記憶を足かせではなく、踏み台に使い、経験を上手く生かして立ち回る。子どもにしては妙に大人びていると、何かあったのかと勘ぐられないように調整しつつ、大人達にとって自然な、けれど手のかからない子どもを演じ続けた。

子どもらしさなんて求めればわざとらしくなるものだと思っていたが、案外そんなこともない。宝石の加工方法や商人が売りに来る魔法道具に食いつけば、この手のものが好きな子どもなのだと周りの大人達は勝手に思い込んでくれた。

子どもの興味を持つものに寛容な両親だったというのも大きい。馬に跨《また》がってみたいと言えば父はすぐに自分の馬に乗せてくれたし、宝石をよく見てみたいと言えば母は自分のアクセサリーを貸してくれた。馬はともかく、宝石なんてそう簡単に子どもに渡すようなものではない。さすがに六歳ともなれば飲み込むなんてことはないが、それにしても子どもだ。高価なものの適切な取り扱い方法なんて備えているはずがない。金属でも構わず素手で触るのは当たり前。けれど母は気にしなかった。

それをいいことにランカは存分に知識欲を満たしていった。

興味の対象が他のご令嬢方と少し異なっている自覚はあるが、王子であっても物腰の柔らかい婚約者との仲は決して悪くなかった。いい景色を見られる場所があるのだと、是非見せたいのだと、連れて行ってくれた花畑で作ってくれた少し歪《いびつ》な花冠はランカの宝物だ。

どんなに貴重な宝石よりも、何度か結び目を間違えたそれの方がずっと綺麗《きれい》で、ついつい赤らんだ顔を隠してしまったほど。

転生者である自分とは精神年齢にこそ差はあれど、いい夫婦になれそうだと思っていた。

だからこそ才女と呼ばれても決して手を抜かず、常に高みをめざし続けた。将来、彼を支えられる人間になりたい、と思ってのことだった。

けれど状況はある日を境に一変した。

十歳の誕生日を十日後に控えた夜、ランカは酷《ひど》い頭痛に襲われた。まるで両手で頭を挟み込まれ、グワングワンと振られているのではないかと思うそれは、声を出すことも出来ないほど。だがランカはそれに懐《なつ》かしさを覚えていた。

前世での最後の記憶はちょうどこんな感じだった。必死で働いて五十連勤の末、やっと休暇をもぎ取った。けれど休みを堪能《たんのう》することなく、過労で死んだ。死んだからこそ転生し、今、ランカは次の人生を歩んでいる。

ブラック企業で疲弊しきったあの頃と同等の疲労が溜まっていたなんて……。

「せっかく今世では幸せになれそうだったのになぁ」

死を覚悟したランカは誰もいない部屋で、声になっていたかも怪しいそんな言葉を呟《つぶや》く。そして闇に飲み込まれるように意識を手放した。


目が覚めた時、ランカの頭からはすっかりと痛みが消え去っていた。

二度目の死を体験したのではない。身体も倒れる前と同じもの。けれど代わりにとある記憶が頭に残っていた。記憶のアップデートというのだろうか。ランカ＝プラッシャーという少女に転生したと自覚した際にはなかった記憶が、新たな知識としてインプットされていた。

それは前世でプレイしたことのある乙女ゲームの記憶だった。友人の薦めで手にした唯一の恋愛ゲームでもある。一応全てのキャラクターを攻略してみたものの、恋愛パートにのめり込むことはなかった。どのルートでも必ず登場する悪役令嬢がどうも気になってしまうのだ。ランカには恋に破れた女の子の屍《しかばね》を踏みつけて幸せになるなんて出来なかった。

「悪役令嬢に感情移入しちゃダメだよ！　その子はそういう役目なんだから」

友人はそう笑っていたが、まさか感情移入をした結果、その悪役令嬢に転生してしまうとは思いもしなかった。

「どこかで見たことある顔だとは思ってたけど、まさか悪役令嬢だなんて」

嘆いたところで今さら別の人間になれる訳ではない。だが気づいてしまった以上、このまま過ごすつもりはない。なにせ悪役令嬢には必ず『断罪イベント』が待っているのだから。

エンディング直前、ランカは複数回に及ぶ器物破損と殺人未遂の罪により、爵位剥奪及び王都追放が言い渡される。本作では罪が暴かれて終わるが、どうやらファンディスクや小説では一族からも見放された悪役令嬢が路頭に迷っていることが明かされるらしい。

友人からそのことを聞かされた時はいくら何でも酷すぎないかと首を傾《かし》げたものだったが、この世界に三年も生きてみると考え方も変わるものである。ランカは王子の婚約者であり公爵令嬢という、貴族達の模範となる存在である。ワガママ放題など許されるはずがない。その上、被害を受けたヒロインは、外傷だけでなく、心の傷や病気を治す『癒やしの力』と呼ばれる特別な力を保有しているのだ。そのため、学園入学を許された。国側は何としても彼女を味方に取り入れたいのだろう。そんな相手を殺そうとすれば当然罪は重くなる。自分の権力を使って誰かを貶《おとし》めようとする愚かなる令嬢を一人切って手に入るなら安いもの。むしろおつりがくるくらいだ。

「最悪、何もせずとも捨てられる可能性がある」

口に出して背筋がゾッとした。あり得ないと一蹴してしまいたいが、ヒロインは非常にイレギュラーな存在。捨て駒として使われる可能性も否定は出来ない。そうなればランカは路頭に迷う。

「なんとか回避しないと」

わずか九歳にして自分の暗い未来を見せつけられ、軽くパニックになる頭に酸素を送り込む。ゆっくり吸って吐いてを繰り返し、少しはマシになった頭をフル回転させる。

「まず同じ末路を辿《たど》らないための必須事項は、ヒロインに嫌がらせをしないこと。これ自体は私が虐《いじ》めなければいいだけのことだから問題ない。重要なのはハメられそうになった場合のアリバイを常に用意しておくこと。それも証言する人間は簡単に裏切らない相手がいいわ。交友関係は広い方だとは思うけど、今のところ候補者は貴族ばかり。絶対国側につく。私だってそうするもの」

呟いて、当然のことだと首を縦に振る。だからといって平民では、金で雇われた者だと初めから決めつけて取り合ってすらもらえない可能性がある。どうしたものかと首を捻《ひね》り、考えをさらなるステップに移行する。

人に頼れないのならば、自衛すればいいのではないか？

この世界には魔法というものが存在する。魔素と呼ばれるものを異なるエネルギーに変換し、発動することが出来る技術だ。そんな特殊な能力は、この世界でも全員が使用出来る訳ではない。選ばれし者のみが使用出来る。ヒロインやカウロを筆頭とした攻略対象者達がまさにその選ばれし者である。

一方で、悪役令嬢のランカにはてんで才能がなかった。

乙女ゲームのパワーバランスを考えた結果か、はたまた単純に適性がなかっただけなのか。ランカに真実を知る術《すべ》はない。けれど才能なき者でも、魔法道具と呼ばれるアイテムを使用することで限定的に魔法を発動することが出来る。

「魔法道具でも用意する？」

口に出してはみたものの、自衛手段として魔法道具を使用するには絶対に見逃せない致命的な落とし穴が存在する。それは魔法道具はほぼ全てが魔法使い達によって作成されているということ。作成者の力を込める魔法道具の性能は当然作成者の能力と直結しており、オリジナルを越えることは理論的に不可能なのだ。

もしも国単位でランカを潰そうとした場合、選《え》りすぐりの天才達が集められた宮廷お抱えの魔法使いも敵となる。どんな証拠を所持していたとしても、彼らに結果を改ざんされれば終わりだ。ランカは魔法使いに対抗する手段を持ち合わせていない。二つ目の考えも却下せざるを得ない。

「じゃあ、断罪イベントが阻止出来なかった場合に備えておく？」

一生とは言わずとも、ほとぼりが冷めるまでの間くらいは不自由しないだけのお金や、換金性の高い物品をどこかに埋めておく。宝石や金・アクセサリーなど、身元が特定されやすいものは却下だ。それでいて、なるべく時間の経過によって価値の変わらないものが好ましい。

今のランカの知識で導かれるものといえば『本』だ。平民でも知識人なら所有していてもおかしくはない。それでいて値が下がりにくい。生活費問題の他にも、国に逆らう力はなくとも匿《かくま》ってくれる人がいれば一気に生活は楽になる。

「うん、いいアイディアかも」

実行に向けて思考を膨らませれば案外悪くないと思える。これでいこう、といきたいところだが、どんな良案でも必ず穴は存在するものだ。小さな穴でもこの段階で見逃す訳にはいかない。一生がかかっているのだ。じっくりとシミュレーションを繰り返す。

「やっぱりお金と味方は必要よね。どちらも確保出来るのが一番だけど、断罪後ずっとそうやって暮らすのはさすがに無理がある」

驕《おご》らないように、足を踏み外さないように、ランカはひたすらに最悪を考え続ける。だが良いアイディアというものはそう簡単には浮かばないものである。そもそも起きるかどうか不確かなことに対する策を考えようというのが無理な話だったのか。

ランカの考えは全て憶測にすぎず、描いた最悪すらもドン底でないかもしれない。深淵《しんえん》の底は覗《のぞ》くだけではわからない。だからこそ備えるのだ。

『備えあれば憂いなし』――ランカが一番好きな言葉だ。

「備えていれば最悪は防げるはず！」

拳を固めて大好きな言葉を繰り返す。過労死を防げなかった失敗を胸に、ランカは前世の記憶を総動員して糸口を探した。


それからあっという間に一週間が経過した。けれどまだ突破口は見つかっていない。ランカはカップを片手にウンウンと唸《うな》りながら、眉間《みけん》に皺《しわ》を寄せる。とてもではないが、誕生日を間近に控える少女には見えない。そのせいで何度もメイド達には気を使わせてしまった。

「ランカ様、何かお気に召しませんでしたか？」

「とても美味《おい》しいわ。あなたの淹《い》れるお茶はいつ飲んでも最高ね」

「ありがとうございます」

頭を下げつつも、メイドはまだどこか不安そうだ。気づいていてこのまま無視をするのも可哀想で、ランカは適当にそれらしい理由を口にする。

「ほら、三日後にカウロ王子にお会いするでしょう？　どんなお話をしようかと悩んでしまって」

もちろん嘘《うそ》である。ランカがカウロ相手に会話の内容に困ったことなど一度もない。手紙を何度交わそうとも、頻繁に足を運ぼうとも話のネタが尽きることなどないのだ。興味の対象が似ているということではない。だが彼はありのままのランカを受け入れてくれる。どんな些細《ささい》なことでも興味を向けてくれることが嬉《うれ》しくて、ついついいろんなことを口にしてしまう。

何十年と一緒にいれば飽きられることもあるだろうが、その時にはもうカウロの隣には……。想像して少し目線を逸《そ》らす。数年後にはこんなこと出来るはずもない。わかっているからこそ、その後を考えなければいけないのだ。

断罪について考える一方で、確実に近づく城訪問に頭を抱える。自室に戻ると、そのままベッドへダイブした。枕に顔を埋《うず》め、誰にも明かせない愚痴を吐く。

「行きたくない。会いたくない」

だが今まで順調に行ってきた交流を断てば何かあったと思われる。変に勘ぐられても面倒なだけ。それにカウロに迷惑をかけたくなかった。なにせ彼は何も知らないのだ。変わったのはランカの記憶だけ。胸に抱くこの気持ちをどうすればいいのかさえも決まっていない。そんな状況で行かないという選択肢は与えられていないのだ。

「もう、朝か……。行きたくないな」

ランカが悩んでいるうちにカウロとの約束の日は訪れてしまった。いつもの数倍の労力を消費してやっとの思いで布団から這《は》い出る。朝を迎えることに精神的辛《つら》さを感じたのは前世ぶりだ。

上司が奥さんとの喧嘩《けんか》を長続きさせている時や、友達の狙っている男子の好きな人が自分だと知ってしまった時。どう頑張っても逃げられないとわかっていても逃げたくなるものだ。けれど変に躱《かわ》したところで長引くだけ。被害をある程度受けねば峠を越えることが出来ない。理不尽だと言ったところで何も変わらない。

「悪役令嬢なんてとんだハズレくじだけど、八つ当たりじゃない分、マシか……」

ため息と共に呟いて、無理矢理自分を納得させる。どんな巡り合わせで悪役令嬢に転生し、記憶の取得が二段階制になったせいで余計に頭を抱えることになっているにしても、カウロに罪はないのだから。ランカは心を決めて、大きく息を吸うとメイドを呼びつけた。

着ていく服はもう決まっている。もう何ケ月も前から今日という日のために仕立ててもらっていたドレスがあるのだ。ランカの瞳と同じ真っ青《まさお》なドレスは父からの誕生日プレゼント。中世ヨーロッパ風のドレスは裾に向かって広がっており、全体的にふわっとした印象を持つ。海色をした雲のようで気に入っていたのだが、今は沢山《たくさん》のヘリウムを詰めた上で足元をぎゅっと結んで飛んでいきたい。

無理なのは承知で、ただの抵抗にすぎない。それでも少し現実を逃避するくらい許されるだろう。裾をぎゅっと握って鏡を見つめれば、長い髪が少し揺れた。銀色のそれはいつも以上に寂しげに見える。

「馬車を出してちょうだい」

メイドに告げてから一人になった部屋でパンパンと頬をたたく。

「こんな顔してたら心配かけちゃう。これは私の問題なんだから。王子の前では笑顔でなくっちゃ」

指で無理矢理口角を上げ「笑顔、笑顔」と鏡の自分に言い聞かせる。それだけでランカは笑顔を作ってみせる。貴族社会に生きている者の必須スキルだ。指を外しても顔には悲しさは残っていない。ちゃんとお腹の中に隠して、馬車へ乗り込んだ。


「ご招待いただきありがとうございます」

「来てくれて嬉しいよ」

カウロが微笑《ほほえ》むとさらりと髪が揺れた。耳に少しかかるくらいで切りそろえられた金色の髪は羨ましくなるほどにさらさらとしており、艶まである。乙女ゲーム知識を取り戻した今ではさすが王道王子、髪まで手入れがしっかりなされているわと感心さえしてしまう。緑色の瞳もまるで宝石のよう。アクセサリーなどで飾らずとも彼がそこに立っているだけで華やかさが増す。

流れるようなエスコートで、カウロの自室へと通される。軽く部屋を見渡せば、机の上にランカが贈ったものが並んでいる。万年筆は去年の誕生日に、白馬の小物は一昨年の誕生日に贈ったもの。二つの近くに置かれたレターボックスは文通を始める際、カウロと色違いで揃《そろ》えたものだ。彼の自室を訪れる度、何度と目にしてきたものだが、贈り物を大事にしてくれる人なのだと胸が温かくなる。

見た目だけではなく、頭も良く性格もいいというのだから文句の付け所もない。神に選ばれた癒しの力を持つ少女と一緒になるに相応《ふさわ》しい王子様。

いずれヒロインのものになると理解しているはずなのに、カウロと一緒にいるだけで恋心が育ってしまいそうだ。彼から目を逸らし、カップに視線を落とす。澄んだガーネット色の紅茶は少し濃い目。ランカ好みの味だ。ケーキスタンドにはこれまたランカの好物ばかりが並んでおり、カウロはニコニコと笑っている。ランカの誕生日だというのに、なぜか彼の方が楽しそうだ。

乙女ゲーム内でも人当たりの良さと優しさがファンの心を掴《つか》んでいた。ランカだってカウロの気遣いが嬉しくて、向けられる度に心が温かくなる。そして彼の想いに応えるように自分の想いを乗せて渡してしまいたい。けれど今はその優しさが胸を締めつける。少しくらい欠点があればいいのになんて、彼を支える婚約者として最悪なことを考えてしまうほど苦しくてたまらない。

「ランカ、誕生日おめでとう」

ずっとタイミングを窺《うかが》っていたらしいカウロは、ジャケットのポケットから小さな箱を取り出した。青いリボンの付いたそれは手のひらにちょこんと乗るほどの大きさしかない。今日のために用意してくれたのだろう。手紙で済ませられるところをわざわざ城に招待して渡してくれるほど、マメな人なのだ。気が重いと沈んでいたことが嘘かのように気持ちが浮上していく。ランカとて一人の乙女として、好きな人に祝ってもらえれば嬉しいのだ。

「ありがとうございます。開けてもよろしいでしょうか?」

「喜んでくれるといいのだが……」

頬を掻《か》くカウロに失礼します、と告げてリボンをほどく。

「これは」

箱の中身は蝶々《ちょうちょう》のバレッタだった。以前、城へ行商が売りに来ていた品物の一つだ。蝶々の柄としてちりばめられていたのはガラスで、バレッタ部分も純金ではない。素材自体は高価なものではないが、細工は非常に手が込んでおり、思わず目を奪われる品だった。綺麗だとは思いつつも、じろじろと見ていたつもりはなかったのだが、カウロにはバレてしまっていたらしい。そんなにわかりやすい顔をしていたのか。恥ずかしさと同時に、彼が気づいてくれたことへの嬉しさがこみ上げる。ゆっくりと視線をカウロへと戻せば、彼はホッとしたように胸を撫で下ろした。

「気になっていたようだから。外れていなくて良かった」

その美しさに惹《ひ》かれたのは本当だ。だが興味を引かれたのは何も見た目だけではない。それが委託品だと知ったからだ。ランカは二ヶ月前のことを思い出す。

あの日、商人はいつものようにカウロの前に商品を広げ、売り出したいものを中心に商品説明を行っていた。たまたま居合わせたランカは彼に誘われて隣で商品を眺めた。雑貨やアクセサリー、茶器や茶葉などが並べられている中で、カウロは端に固まって置かれた商品に目を付けた。

「そのアクセサリーをもっとよく見せてくれないか？」

それが蝶々をモチーフとしたアクセサリーだった。カウロがランカへの贈り物として選んでくれたバレッタの他にも、ネックレスや指輪、タイピンにイヤリングと様々なものが並んでいた。色も単色や同系色でまとめたものから、色彩鮮やかなものまで様々だ。その日、商人が持ってきたものの中で一番目立っていたといっても過言ではない。カウロの興味をひくことに成功した商人はにんまりと笑い、声を半トーン上げる。

「さすが王子、お目が高い！　こちらの商品は西方の国の伝統技術を駆使して作られたものなのです。委託品なのですが、なにぶん依頼者が遠方の者ですから次回もお持ち出来るかどうか……」

商人は自慢げに語った後で、自分の力のなさを悔やむように小さく首を振ってみせる。わざとらしいリアクションだが、『委託品』と聞いて、ますますランカの興味は蝶々に引き寄せられる。

「委託品、か」

「はい。色や形などお気に召さないようでしたら、少々お値段はかかりますが、出品者に製作を依頼することも可能です」

「そうか」

委託品とは、商人が職人から託された品で、他の商品とは異なり委託料というものが存在するらしい。またそれらの商品に限り、職人への仲介をしてくれるのだという。いわば職人にとっての販売経路確保方法の一つである。

職人にとってありがたいシステムのように見えるが、帰宅後、父から詳《くわ》しいシステムと委託料の高さを聞いて思わず声が出そうになった。品物によっては得られる利益よりも初めに払う料金の方が高くつく。その上、リターンが見込める確率もランカが想像していたよりも低かったのだ。商人もビジネスでやっている以上、仕方のないことだ。

委託品の印象が強く残り、今の今までアクセサリー本体のことは頭から抜け落ちていた。こうして手元にやってくるなんて想像もしていなかった。だからというのもあるのだろうが、何より、カウロがこうして贈ってくれたことが嬉しかった。いつだってランカのことをよく見ている。彼の優しさに触れる度、ランカの胸の中に彼への恋心が積もっていく。

「ランカさえ良ければ使ってくれ」

にっこりと笑みを作るカウロのネクタイには蝶々のタイピンが付いていた。大きさこそ異なるが、ランカの手の中にあるものとそっくりだ。職人に連絡を取って作ってもらったのだろう。よく見れば色合いもあの日のものとは少し異なる。あの場に青系統で揃えられたものはなかったはずだが、リボンと同様にランカの色に合わせてくれたようだ。本当に、婚約者思いの優しい人だ。このままずっとカウロと共に人生を歩めれば、という気持ちが膨らんでいく。けれど無理な話だ。王道王子と呼ばれる彼の隣はヒロインと決まっているのだから。

「大事にします」

それでも今この瞬間、カウロがランカを思って贈り物をしてくれた事実に変わりはない。また宝物が一つ増えた。このプレゼントは他でもないランカだけのもの。取られてなるものかと胸元に抱き寄せながら、にっこりと微笑んだ。

「ところでランカ、今度のマクレール公爵家のお茶会なんだが……」

「ドレスの準備は整っております。いつも通り、髪色と合わせた青系のドレスを仕立てておりまして、髪はアップにする予定です」

「よければその際にこのバレッタを使ってはもらえないか？」

「もちろんですわ」

完璧に見えるカウロに一つだけ気になる点を挙げるとすれば、彼はお揃いを好むこと。ランカとて嫌ではないし、彼の好意であることを理解はしている。つい先日まではそれが嬉しくてたまらなかったというのに、タイムリミットの存在を知ってしまった今では少しだけ複雑だ。

「お茶会が楽しみだ」

三週間後に控えたお茶会を思い浮かべながら、頬を緩めるカウロに、ランカは形ばかりの笑みを作った。少し前だったら心の底から笑えたことだろう。だが今は喜んでばかりもいられない。これ以上カウロへの想いが育たないようにブレーキを踏む。

それからしばらく会話を楽しんだ後、馬車に乗り込む。胸に痛みを負ったランカだったが、得るものもあった。

カウロと蝶々のバレッタがとあるヒントを運んできてくれたのだ。彼にそのつもりはないのだろうが、委託品制度を思い出させてくれたことはランカにとっては二つ目のプレゼントとなった。そのヒントを手掛かりに、ランカは路頭に迷わないための方法として『投資』を思いついた。

投資は投資でもお金を増やすのが目的ではない。プラッシャー家のお金を元手にする以上、利益を増やしたところで断罪後に回収されるのがオチだ。だが信頼や恩義の回収は出来ないはず。初めは『委託品』の制度を利用する。そこから少しずつルートを拡張させていくつもりだ。投資に関する知識はほとんどないが、ランカには社畜時代に培った営業力があった。

「せっかく前世の知識があるんだもの。使えるものは全て使わないと損だわ」

動かない蝶々が運んできてくれたものが幸運へ続く道かどうかはわからぬまま。けれどそれ以外の良案は浮かばない。今まで通り部屋で唸ったところでこれ以上のものがひらめくとは限らない。ならば心を決めて行動するしかない。

「ゲーム開始まで後六年。今から知識を蓄えても遅くはないはず！」

ガタゴトと揺れる馬車の中で頭をフル回転させて今後の計画を練っていく。脳内でシミュレーションを繰り返しては却下・採用のスタンプを押していく。

プラッシャー屋敷に着く頃には計画の骨組みは完成していたが、まだまだ案としては粗が目立つ。当たり前だ。今日の今日で全てが決まるはずがない。それでもランカは四半刻後には第一歩を踏み出すつもりでいた。

「出来る。私なら出来る」

両手で耳を軽く塞ぎ、おまじないの言葉を呟く。前世から愛用していた暗示のようなもの。あまり多用すると自分にプレッシャーをかけすぎて潰されてしまうため、ここぞという時だけ使用することにしている。今日がそのタイミングだ。手を離し、すうっと息を吸う。自然と背筋はピンと伸びた。

行きは現実逃避の一部として見ていたドレスも、今では商談へ向かうための勝負服のように思える。もう空に飛んでいきたいなんて思わない。前に進もうと決めたランカは使用人の手を借りながら夕焼け色に染まった踏み台を降りた。


「おかえりなさいませ、ランカ様」

「ただいま」

「ご主人様と奥様がダイニングルームでお待ちです」

「わかったわ」

ランカは長い髪をなびかせ、廊下を闊歩《かっぽ》する。これから交渉を開始するのだと思うと、毎日足を運んでいるはずのダイニングルームに入るのも少し緊張してしまう。

「誕生日おめでとう、ランカ」

部屋に踏み込んで早々飛んできたのは、両親からの祝福の言葉だった。ランカは一瞬驚いて身を震わせた。けれどすぐにドレスの裾をちょこんと摘《つ》まみ、小さく礼をする。

「ありがとうございます。お父様、お母様」

にっこりと微笑みながら、食事が並ぶテーブルに一つだけ空いた席に腰を下ろす。今後、両親には迷惑をかけてしまうかもしれない。それでも出口があるのかすらもわからないトンネルなんかに突入するのは絶対嫌。後悔しないための突破口を開くべく、大きく深呼吸をして、食事に手をつけた。

「ランカももう十歳か。もうすっかり大人だな。後数年でお嫁に……」

「まぁ旦那様ったらしんみりしちゃって。ランカの婚姻はまだ先ですよ」

「そうですわ。婚姻よりも先に、私は教養を身につけるために学園に通い、夜会では皆様に立派なレディとして認めてもらわなければなりません」

「ランカ……」

両親は八年後、ランカと王子の婚約が解消されるなど夢にも思っていないだろう。二人の仲は良好。他の貴族達からも認められており、目立った障害などないのだから。ランカとて、乙女ゲームの記憶さえよみがえらなければあり得ないと一蹴していたと思う。

複雑な気持ちを胸に抱きながら、ランカは皿に視線を落とす。いつもと同じ豪勢な食事。けれど少しだけいつもと違う点は、出される食事がどれもランカの好物ばかりだということ。子羊のテリーヌも木イチゴのソルベも、普段のランカなら喜んで口に運ぶ。けれど今のランカは緊張でじっくりと味わうことも出来ずに、ひたすら話を切り出すタイミングを窺った。そして父がナプキンで口を拭《ぬぐ》ったタイミングで、話を切り出した。

「お父様。お願いがあります」

ランカは好物のソルベを前にスプーンを置き、真っ直《まっす》ぐに父を見据える。食事の場で切り出すにしてはやや声が固い。本来ならば父の書斎に出向いてお願いするべきだ。けれどランカはこの場所を選んだ。

父は厳格な人だ。なぜゲーム内では悪役令嬢が野放しになっていたのかが不思議なほど。愛されている実感は十二分にあるが、可愛さに目が曇ってワガママを許すなんてことをするはずがない。さすがは古くから続く名家の当主様。無理なお願いなんてしたところで、わかったと一つ返事をしてくれるような人ではないのだ。だからこそランカは交渉という形を取ることにした。それも家族のみの食事の後、父の気が一番緩むであろうタイミングを狙って。それでも話を聞かずに躱して逃げてしまう可能性は十分にある。ランカの誕生日という特別な時間が有利に働いてくれる確証はない。綱渡りのような賭けだが、怯《おび》えていては何も始まらない。

「どうしたんだい、ランカ」

ランカはもう一度頭の中で『出来る、私は出来る』と繰り返す。そして突然の申し出に目を丸くする父相手に交渉を開始した。

「私に百万ジュエルほど貸していただけませんか？」

まずは最終目標から。初めにぐだぐだと回り道をしても父相手では意味をなさない。ご機嫌取りも不要。『百万ジュエル』という、前世であれば高級車が買えるであろう大金を一番初めに提示することで父の関心を引くことが目的だ。

「一体何に使うか聞いていていいか？」

父は持ち上げていたカップをソーサーの上に戻し、真剣な眼差《まなざ》しをランカへと向ける。交渉の第一歩『相手に興味を持ってもらうこと』には成功したようだ。やや表情は固いが、そこも想定内。むしろ良い顔をされて話を逸らされるよりもずっといい。ランカは心の中で小さく拳を固め、自分の描いた道順を辿るように考えていた台詞《せりふ》を吐く。

「王子の婚約者として、私はまだ知らないことが多いと思うのです。なので市井《しせい》のことをよりよく知るために投資を始めてみようと思いまして、そのためには元手が必要なのです」

真っ赤な嘘である。そんなことこれっぽっちも考えてはいない。だがランカが投資をする上で、それらしい理由を考え出した結果がこれだった。

「投資？　寄付だけではいけないのか？」

寄付は貴族としてのツトメの一つだ。より資産を持っている人間が、恵まれない相手に財を分け与える。それも素晴らしいことで、救われる人は多いはずだ。感謝だってされる。

だがあくまでそれは『貴族』としての行動だ。

ランカは、ランカ個人もしくはプラッシャー家への感謝を貯めなければいけないのだ。寄付だけではあまりに不十分すぎる。だがこの理由を直接告げることは憚《はばか》られた。厳格な父が、そんな自分勝手な理由を許すとは思えなかったのだ。特に他人が関わるとなればなおさら。だからあくまで人に手を差し伸べる。そしてその経験を貴族として、王子の婚約者として活かす、というシナリオでなければならない。

「貧しい者だけではなく、より成長したいと願う方や見込みのある方のお手伝いをしたいのです」

重ねて嘘を吐《つ》く。全ては自らの保身のために。

「なるほど。それで投資、か」

「また寄付とは違い、こちらは返金制や金利を発生させようと思っております。その際、いくつかの条件をつけ、少ない割合でもこちらへリターンを示すことによってより成長が見込めるかと」

「考えはわかった。だから二つばかりお前に質問しよう」

父の表情は相変わらず何を考えているのかわからないまま。この質問は『却下するためのもの』か『許可するためのもの』か。ランカは気を一層引き締め、生唾を飲み込んだ。

「なんでしょう?」

「その百万ジュエルはどのように使う予定だ? ざっくりとでいい。お前が考えていることを教えてくれ」

「初めは十万ジュエルを五カ所に投資しようかと。小規模でもすぐに結果が出そうな雑貨を取り扱う店を中心に行っていこうと思います」

「なるほど。五カ所の案はあるのだな」

「はい。態勢さえ整えば問題がなさそうな案件がいくつか」

地方の村には職人が多い。伝統的な技術を持ち合わせている者が多いため、王都に出てきさえすれば瞬く間に引っ張りだこになるに違いない。だが彼らやその商品が王都に出てくることはごく稀《まれ》である。そもそも王都に出てくるだけのお金がない。多少は余裕があっても店を構えるには膨大なお金がかかる。無理に行えば赤字が膨らむばかり。そして商人へ委託するにも委託料がかかる――と、ここまでがカウロとの会話で思い出した情報。

だが一番ネックとなっている『お金』さえあればどうか？

そこを解決する手伝いをしようというのが、ランカが考えている『投資』なのだ。ゲームの記憶が戻る前に訪れた各地での記憶がよみがえる。思い出される物はどれも一級品ばかり。王都の店に並べても決して劣ることはない。

「ではその申し出が断られた場合はどうする？」

「深追いせずに次にあたります」

「だがその店は初めの選択肢から外した場所だろう。外した理由に目をつむるということか？」

その言葉に思わずひるんだ。父の言うことは正論だ。投資は営業とは違う。数を打てばその分リスクが高まる。

「頭を冷やしなさい」

話はこれで終わりだとばかりに低く、冷たい声が降り注ぐ。正論を前にしては、自分の浅はかさを嘆くほかない――今はまだ。

「……ならそこを私がカバーします」

「ランカ」

ランカには悔しさに唇を噛みしめ、立ち止まる時間などない。立ち止まったらその分、将来路頭に迷う確率が高まっていく。時間が経過すればするほどお先真っ暗トンネルに近づいているのだ。

学園卒業後、数十年も暗闇の中で過ごすなんて冗談じゃない。大事な大事な自分の未来を守るための知識ならいくらでも詰め込もう。暗記は得意だ。なにせ前世のランカは詰め込み世代と呼ばれる時代を生き抜いてきたのだから。その上、ランカのまだ幼い身体は記憶力の他にも集中力に長《た》けている。余裕とは言えない。けれど足場を組み立てられる自信はある。

「二年、時間をください。それまでに必ずお父様を納得させるだけの知識を身につけます。ですから十二歳の誕生日、また私のお話を検討していただけますか？」

自ら定めたタイムリミットは二年。失敗は許されない。絶対に獲得しなければいけない案件だ。けれどその途中で他のことに手を抜けば、この父は必ずそこを見咎《みとが》める。それにランカ自身も中途半端というのは好きではない。

やるならば全力で。

それこそがランカが前世で過労死を引き起こした理由の一つでもあるのだが、彼女のいいところでもある。真っ直ぐな瞳で父を見つめれば、彼は「はぁ」と短く息を漏らした。

「その強情なところは誰に似たのか……。屋敷の者にはランカの勉強に付き合うように伝えておこう。そして二年後までに気が変わらなければ百万ジュエルは好きに使いなさい」

「いいのですか！」

「年頃の娘が誕生日の話題として選ぶくらいには重大なことなのだろう？　『投資』が『ばらまき』にならないよう、しっかりと勉強するように！」

「はい！」

その言葉で公爵家当主から父の顔へと変わった。朗らかな笑みを浮かべ、ランカの成長を喜んでくれる。

「お父様、愛しているわ」

「私もだ」

抱きつきたい気持ちを抑えて家族の愛を告げれば、父の表情は一層柔らかくなる。その隣で今まで傍観を決め込んでいた母はあからさまに機嫌の悪そうな顔をする。

「ランカ、お母様は？」

仲間外れにされたことが気に入らなかったらしい。寂しげな瞳をランカへと向ける。いつだって冷静な母の少し子どもっぽい態度に驚いたが、すぐにランカは本心を口にする。

「もちろんお母様のことも愛しています」

「私もランカと旦那様を愛しているわ」

ふわっと微笑んだ母は、悪役令嬢の母親とは思えないほどに美しく、娘を愛してくれている。ランカはこの両親の元に生まれることが出来たことに誇らしさを感じた。

許しを得ることが出来たランカは、その日から自らの生活を組み直した。ひたすらに知識を詰め込み、目を養った。父から与えられたチャンスを無駄にすることなく、その道に詳しい者達から貪欲なまでに知識を吸い取っていった。商品の特徴を暗記するだけではなく、製法やこだわり、はたまた地方ごとの名産や気候までも取り入れて。投資相手との関係までもしっかりと築けるように、彼女は様々な可能性を考慮し、カバー出来るように努めた。

初めは貴族の令嬢の興味に付き合っているだけだと思っていた知識人も、二度、三度とランカと会う度に考えを変えていった。少しでも手を抜けば、鋭い指摘と疑問で返される。ランカのやや鋭い目はどこまでも知識を求め続ける狩人のようで、専門家として彼女の前に立てることを誇らしく感じる者までいた。持てる知識を絞り、少女の栄養として献上するのだ。

褒美として与えられるのは、キラキラとした眼差しと、涸《か》れかけていた知識欲の復活。いつの間にか『教える者』から『共に学ぶ者』へと立場を変え、彼らもランカと共に成長していった。新たに財を成した者もいる。けれど彼らはランカ相手に威張ることはせず、かといって今まで以上に頭《こうべ》を垂れることもない。常に高みを目指し、学び続けた。またランカも彼らに触発されて様々な分野に手を伸ばし、成長していった。

たった二年。けれどランカが投資の才能を開花させるには十分だった。

初めて投資先との契約を結んだランカは、雑貨を扱う店や人に投資を持ちかけた。二年前に父に宣言した通り五件。けれど違うのは、この二年でランカが得たのは知識だけではないということ。漠然とした考えしかなかった頃に挙げた場所とは違う店や人に投資を持ちかけた。

そしてこの二年間で交流を得た商人の一人、ウィリアムにとある話を持ちかけることにした。彼の商館まで足を運び、客間へと通される。だがただの客間ではない。商人としての力を示すための商品で構成されている。例えば高価なものや貴重なものを所持しているということは、それを手に入れるだけの財力と流通ルートを確保しているということになる。またコーディネート能力の高さは商人として確実にプラスとなる。奥へ通すのはよほどのお得意さまか、金持ちのみ。また相手がどのくらいの目利きであるのかを判断するための材料にもなる。

目利きであれば相応の額で、金を持つだけの者からは通常以上にふんだくる。どの分野に精通しているのかを確かめるにもこの部屋は都合がいいのだろう。

白髪交じりの栗色《くりいろ》の髪と丸みを帯びた顔は人が良さそうに見える。けれどウィリアムは決して良い人ではない。彼はれっきとした商人なのだ。そこそこの年ではあると思うのだが、まるで年齢を感じさせない。優しそうでいて、腹の奥を見せないミステリアスな雰囲気もこの二年ですっかりと慣れてしまった。

ランカだってただ教えを乞うていただけではないのだ。目を鍛えながら立派なレディとなるためのレッスンだって欠かさなかった。メイドの努力の賜物《たまもの》である腰丈まで伸びた髪は艶感を増し、絹糸のよう。子ども独特の丸みはなくなり、見た目も少しずつ大人に近づいていっている。それに多少のことでは動じなくなった。この世界の大人と関わっていくうちに精神的な落ち着きも身につけてきたつもりだ。ランカはこの二年間でウィリアムから習ったことを実践するように、顔に笑みを張り付けて話を切り出した。

「今日はあなたに紹介したいものを持ってきたの」

投資先で見つけてきたものの一つを数種類机に並べ、にっこりと笑った。

サシェとは香りの良いハーブなどを入れた小袋――匂い袋のことである。

「サシェ、ですか」

「売れそうでしょう？」

「メインターゲットは？」

「十代から二十代前半の平民女性はどうかしら？　単価は安いし、女性は香りものを好むから。とりあえず今回は五種類用意したの。是非手に取ってみて」

好みの香りのものを身につけていればリラックス効果が得られる。実際、前世でも消しゴムから抱き枕、アイマスクにアロマディフューザーと香りものは常に売れていた。香りの好みに性別は関係ないが、この手のものの購入者は女性が多いように思う。もちろんあくまでメインの使用者を定めただけ。その他の層が購入してくれても一向に構わない。むしろ今回ランカが販売ターゲットとして定めたのは女性だけではない。

「ランカ様。失礼ながら申し上げますと、我が商会の主なターゲットは男性でございます」

ウィリアムはサシェを手に取って香りを楽しみつつ、困ったように眉を下げる。ウィリアムの言う通り、彼の商会が取り扱う商品は男性をターゲットにしたものが多い。平民女性をターゲットにした商品ならば他の商人に話を持ちかけるべきだろう。ランカとて心当たりがない訳ではない。けれどあえて彼の元へと持ち込んだ。

「ええ。でも新たな市場を開拓したいとこぼしていたでしょう？　サシェなら現在出来上がっている市場を壊さず、低リスクで参戦出来るわ。それに使用者は女性でも、初めに売る相手は男性」

「プレゼント用ですか」

ランカの言いたいことをすぐに理解してくれたらしい。ウィリアムは顎《あご》を撫《な》でながら、早速商品としての価値の見極めに入る。すでに女性陣をターゲットにしている商人に頼めばすぐに拡散し、流行を作ってくれるに違いない。けれどこれはランカにとっての第一手。確実な手を打ちたいが、同時に他の、商業を生業《なりわい》とする者達と同じ手段を取るつもりはなかった。ランカが成すべきは仲介ではなく、投資なのだから。

「軽い気持ちで、普段の買い物のついでに買ってもらえればいい。そこから伝播《でんぱ》していければ」

初めはプレゼント用というアプローチを提案しているが、次第に購入者は使用者へと移っていく。ランカはそう予測した。

女性は流行に敏感だ。若ければなおさら。友人が持っていれば自分も、と手が伸びる。前世でも女子高校生をメインターゲットとして定めた商品が爆発的に売れていた。それはお菓子だったり、キーホルダーだったり、はたまた文房具だったりと様々だ。ただ多くのものに共通している点が決して高価ではないこと。友人と揃えたり、複数購入することを視野に入れると、手に取りやすい価格であることは重要な点となるのだ。

「なるほど」

「この店は夫婦で経営していて、刺繍《ししゅう》は奥様が、香りは旦那様が担当しているの。こちらが奥様が刺繍したリボン。そしてこちらが旦那様が調香した香水よ」

預かってきたサンプルを同じように並べ、さきほどよりも強く食いついてくれたウィリアムが商品の質を確かめる姿を見つめる。

「サシェが行き渡った際にはこちらを売り出せ、と？　こちらはどちらかといえば貴族のご令嬢やご婦人方が好みそうですね」

「私は商人ではないわ。私が出来るのは素敵な物をあなたに勧めるところまで」

ウィリアムに断られた際の次の相手は考えてある。けれど出来れば彼に売り出して欲しい。心の中で頷《うなず》いてくれと強く願う。けれど顔には一切出さない。商人に弱い場所を見せたら終わりだ。そこを攻めて落とされると教えてくれたのは目の前のウィリアムだ。教えを乞うだけならば心を許せるが、投資家として商人と対峙《たいじ》するなら決して心を許してはならない相手。そう、彼が教えてくれたから。

ランカは投資家として身につけたポーカーフェイスを保ち続ける。

「なるほど。とても良い品です。我が商会で取り扱わせて頂きたい。まずはこの程度でいかがですか？」

ウィリアムが提示してくれた額と個数は、ランカが想像していたよりもやや多い。ランカの初めての実践ということで色を付けてくれたのだろう。

「かまわないわ」

ランカが注文依頼書を受け取れば、ウィリアムは商人としての仮面を外して笑みを向ける。

「お見事です。そして、ありがとうございます」

「何のお礼かしら？」

「我が商会のことを考えて、持ち込んでくださったのでしょう？」

「たまたまよ」

「そういうことにしておきましょう」

ウィリアムの商会が新たな市場を獲得する――それは今までとは方法こそ異なるが、立派な先行投資だ。つい先日投資先の商品を見てふと思いついたことで、他の投資先と違って実現出来ればいい程度ではあったのだが、彼にはランカの考えはお見通しだったらしい。フッと口元を緩めるウィリアムに笑みで返す。商会の入り口まで見送られ、馬車に乗り込んだ。ランカは一つ目の成功を手から落とさぬよう、拳を固く握りしめた。

それから一ヶ月と経《た》たずに次なる手を打ち出した。

「ねえ、あなた。勉強をするつもりはないかしら？」

投資先を探しに各地を回っていた時のこと。とある農家の四男坊が数字に強いと耳にした。なんでも商人と売買をする際に勘定計算をしてしまうのだとか。興味を持ったランカが詳しく話を聞けば、わずか五歳だというその少年は、計算機すら使わずにスラスラと合計金額とおつりを導き出すのだというから驚きだ。

前世なら幼くとも、簡単な計算をソラでやってのける者もいた。けれどこの世界は別だ。平民のほとんどは学を持たず、大人ですら計算が出来る者は決して多くはない。学のある誰かが教えたのか、と聞けば大人達は皆一様にふるふると首を振った。どうやら独学らしい。子ども相手の投資も始めたいと思っていたランカは、少年を初めての投資先にしようと決めた。

すぐに少年の家に足を運び、彼の両親に了承を取ってから投資話を持ちかけた。

「俺が？　勉強？」

茶色い髪をざっくりと切っただけのボサボサ頭の少年は、髪と同じ色の瞳を丸く見開いた。いきなり貴族の令嬢がやってきたと思えば、勉強なんて言われて頭がついてきていないに違いない。ランカとしても今日の今日で了承が取れるとは思っていない。むしろ彼の両親がすぐに「よろしくお願いします」と頭を下げたことの方が驚きなのだ。

プラッシャー家に信頼があるのか。長男でなければこんなものなのか。相手が公爵令嬢と偽る詐欺師だったらどうするのか。

すんなりと得られた信頼感と警戒心の薄さに少しだけ頭が痛くなる。それにランカは断罪後に彼を利用するかもしれないのだ。詐欺師とまではいかずとも、目的と下心を隠して近づくのだから善人とは言えないだろう。少しだけ心が痛んだが、投資をすると言った以上、教育に手を抜くつもりはない。彼を含め、今後スカウト予定の子ども達にはしっかりとした教育を施すつもりだ。搾取《さくしゅ》するだけで終わらせるつもりはない。信頼を勝ち取るためには全力を尽くす。

「あなたは算術が得意と聞いたものだから」

「得意って少し出来る程度だし……」

「少しだって出来るだけで立派なことなのよ？　私にあなたの得意なものを伸ばすお手伝いをさせてくれないかしら？」

「姉ちゃんが？」

「近いうちに、あなたのような才能のある子に勉強を教える場所を作ろうと思うの」

「才能？　俺に？」

少年は『才能』という言葉に強く食いついた。ランカが彼の話を聞きつけたのは大人達が「優秀な子どもがいる」と教えてくれたから。けれど彼自身はその才能に気づいていないらしい。今はまだ商人との取引でしか活躍の場所がないから、自覚していないのだろう。けれどこれは彼の立派な才能なのだ。だからこそ、ランカは投資を決めた。

「ええ。もちろんあなたに学ぶ気があるなら、だけど」

「勉強すれば、大きくなった時に父ちゃんや母ちゃんの役に立てるの？」

「今でも十分だけど、もっと大きな数字の計算を早く出来れば商会でも重宝されるでしょうね。それに読み書きが出来るようになれば、文官になる道も選べるようになるわ」

「文官って、お城勤めの人でしょう？　俺みたいな平民になれるかな？」

「平民からも毎年数人の募集がかかっているわ。選りすぐりの優秀な人しか選ばれない、とても狭き門になるけれど、今から勉強すればきっとなれるわ」

「俺が、文官に……」

「私と一緒に頑張りましょう」

手を伸ばせば、少年――ミゲロはおずおずと手を出し、よろしくお願いしますと頭を下げた。自分に自信がないようだが、礼儀の正しい子だ。純粋で子どもらしいところにも好感が持てる。初めに出会った子がこの子で良かった。

「ちょうどいい場所に空き地があって良かった。ここなら通いやすいだろうし、馬車も置ける。まさに子ども達が通うにはぴったりの場所ね」

ミゲロと出会ってからすぐ、ランカは王都の外れに小さな学校を建て始めた。前世の学び舎《や》のように立派なものではなく、小屋と呼んだ方がしっくりとくるようなもの。机や椅子だって木製の安物だ。それでも子ども達がしっかりと通ってくれるようにと、しっかりと育ってくれますようにと願いながら完成を待った。『プラッシャー学校』と名付けたのは、貴族が運営していると理解してもらうため。

ランカの断罪後、学校の名前が子ども達の足かせになるかもしれない。だが学園といえば王立学園。それ以外の学び舎はないこの世界で、新たに出来た場所が誰かの脅威として認定されては元も子もない。嫌がらせをされて子ども達に危害が加わったら親御さん達に顔向けが出来ない。

だからプラッシャーの名前を利用した。貴族がバックにいるどころか、直接運営していると知れば、安易に手出ししてくることはないと踏んだのだ。もし気になるようだったら、門の前に立てかけた看板の文字を後で変えればいい。

学校建設中、ミゲロと同じように才能のある子ども達を数人探して、学校の生徒としてスカウトしていった。前世の小学校のように就学年数が決まっていれば説得も楽だったのかもしれないが、ランカが目指すのは子どもごとにあったカリキュラムでの教育。初めの教育こそ皆同じだが、途中からはそれぞれ違うものを学ぶことになる。イメージとしては職業訓練校に近い。いくら公爵家とはいえ、大事な子どもをよくわからない場所に長年預け続けることに不安を抱く親も多かった。ランカとて、彼らの判断は正しいものだと思う。それでもランカは諦めずに何度も足を運んだ。するとランカの熱意が届いたらしく、最終的にはお願いしますと頭を下げてくれた。各地から生徒となる子ども達を集め、学校の準備は整いつつある。だがこの数ヶ月間、学校に投資にとかまけてばかりでカウロと顔を合わせる機会がめっきりと減ってしまった。

今日は実に二週間ぶりの対面となる。会えない代わりに手紙のやりとりは頻繁に行っており、関係は悪化していない、はずだ。いっそ少しずつ距離をおいていくことによってフェードアウト出来ればどんなに楽か。けれどいざカウロからの手紙が届けばすぐに筆を取ってしまうのだ。書く内容のほとんどが投資先での出来事だったが、義務感からではなく、ランカがカウロに伝えたかったから。

ますます深みにはまってしまっているようで、彼からの手紙を眺めながら自己嫌悪に陥ることもある。それでも直接顔を合わせなければ、こんな感情を知られずに済む。自然な流れで回数を減らせないものかと模索する。だが手紙と同様に、お誘いの手紙が来れば断ることなんて出来やしないのだ。メイドと共にドレスを選ぶ時でさえ心が浮ついてしまう。すくすくと育つ気持ちを抑えようとする度、想像以上に彼への想いがしっかりと根を張ってしまっていることを自覚するのだ。

ため息を吐きたい気持ちをグッとこらえて前を向く。思考を別のものに移そう。例えばそう、王妃様自慢の赤バラとか。ここはランカの自室でもなければ馬車の中でもない。王城のバラ園なのだ。普段はカウロの自室でお茶をすることが多いが、今日は彼の提案で城のバラ園を歩いている。上品な香りがするバラをランカも気に入っている。この香りをサシェに取り入れたら人気が出そうだと考えれば思わず頬が緩んだ。

「嬉しそうだな」

「え？」

楽しそうならまだしも嬉しそうとは、一体どういうことだろう。まさか会えて嬉しいという気持ちが顔に出てしまっているの？　焦りで固まってしまうランカに、カウロはにっこりと微笑んだ。

「最近忙しそうだと思っていたが、ランカが楽しそうで私も嬉しい」

「その……子ども達が可愛くて」

「子ども達？」

とっさに出た言い訳だったが、カウロは食いついてくれたようだ。ランカはホッと胸を撫で下ろし、子ども達の顔を思い浮かべる。

「各地を回っている時に、得意なことのある子やしっかりと自分の夢を持った子達と出会いまして。彼らの特技を伸ばしたり、夢を叶《かな》える手伝いをするための学校を作ったんです」

「王立学園のような場所か？」

「いえ。どちらかといえば貴族のご令嬢・ご令息が幼い頃に学ばされるものと近く、実技が大半です。マナーなどの基礎を勉強した上で、それぞれの特技を伸ばしていくつもりです。ってこんな話つまらないですよね」

「ランカの話はいつも興味深いものばかりだ」

予定以上の好調続き。順風満帆《じゅんぷうまんぱん》な生活にランカは心を浮き立たせていたが、目の前の彼にもバレてしまっていたなんて、恥ずかしい。バラの花のように顔を赤らめれば、カウロはいつの間にか切り取った花をランカの髪に差す。

「なっ」

カウロの指先がランカの耳をかすった。それだけでランカの耳は赤バラと同じ色に変わっていく。

「やっぱりランカにはバラが似合う」

「そ、そうですか」

王道王子と呼ばれるカウロは、ゲーム内でもややキザっぽい行動をすることが多かった。だが純正の王子様がすると嫌みがなく、自然な感じがファンから好評を得ていた。実際にランカに生まれ変わってみても彼の素の行動なのだとわかる。だが頭で理解していても恥ずかしいものは恥ずかしいのだ。色素の薄い髪では赤らんだ耳を隠してはくれない。

ランカはごまかすように耳を撫で、早く熱が引いてくれと願う。熱を冷ますので精一杯なランカの思いなどカウロに伝わるはずもなく、彼は満足そうに「綺麗だ」と上機嫌に笑うだけ。

「よければランカの話を聞かせてくれないか？」

こうして話を振ってくれるのもカウロの優しさだ。ランカは最近力を入れているサシェについて話すことにした。

「では北方の領地の夫婦の話を」

バラ園の真ん中に設置されたガゼボの椅子に腰をかけ、魅力を語る。ウィリアムに話した時のようにサンプルを用意出来たら良かったのだが、カウロに商品として売り出す訳ではない。変に取り繕うことなく、ランカは自身が感じたままを伝えることにした。

「旦那様は調香師で、植物そのものの香りを忠実に再現されます。少し吹きかけただけで本当にそれが目の前にあるかのよう。それに複数の香りを組み合わせる技も持っていて、奥様との思い出の香りは優しく、胸の中が温かくなるような素敵な香りでした。まるで幸せをお裾分けしていただけたようなな。だから小さな袋に香りを詰めて売ることにしたんです。袋は以前針子をしていた奥様が刺繍したもので」

「幸せのお裾分け、か。素敵だな」

「はい！　香りはもちろんですが、私にはあんな精巧な刺繍はとても……。自分では上手く出来たはずのバラの刺繍も彼女の技を見た後では少し自信がなくなってしまいます。なんて、こんなお話をした後で申し訳ないのですが、よければ受け取っていただけませんか？」

ランカは恥ずかしげにポケットから一枚のハンカチを取り出した。

「これは」

「私が刺繍したハンカチです」

本当はもっとスマートに出す予定だった。カウロを思った特別なプレゼントではなく、貴族の令嬢が誰しも通る『婚約者への贈り物』だ。厳密なルールがある訳ではない。ただ貴族の令嬢の大半が手習いとして刺繍を習っていて、そこそこの手間とそこそこの技術があればハンカチに小さい刺繍くらい出来るから慣例化しつつあるのだろう。ランカもそれに従っただけ。妙に緊張してしまうのは、自信作とはいえ、この話の流れで出すには不相応な品だから。きっとそうに違いない。

「赤バラ……」

ハンカチを受け取ったカウロは手元に視線を落とし、瞬きを繰り返す。赤バラの刺繍は決して珍しいものではない。バラの刺繍自体は難しいが、贈り物にするものとしては非常にスタンダードなものだ。他に何か思い出の花があればそちらを刺繍して渡すこともあるが、大抵は赤バラだ。

ランカにも、カウロとの思い出の花はある。赤と白のコスモスの花だ。幼少期に連れて行ってもらった花畑で作ってもらった冠に使用されたもの。けれどコスモスの花言葉である『優美・美麗』に『乙女の愛情』なんて、女性に贈るならいいかもしれないが、男性に贈る刺繍としてはあまり好まれるものではない。

それに花冠と一緒に、あの日の思い出を宝物として大事にしているのはランカだけかもしれない。カウロは忘れてしまっているに違いない。彼にとって花冠は沢山あった贈り物の一つにすぎないのだから。覚えていてくれたとしても、形に残るものに特徴が残ることは避けたかった。将来、処分する時に変に思い出されても厄介だ。カウロは驚いた表情を浮かべつつも、ゆっくりと口角を上げる。

「大事にする」

ハンカチ一つで喜んでくれる彼が愛《いと》おしく、その反面で心の奥底で何かが急速に冷えていくのを感じた。この気持ちが、順調に進んでいる計画の足かせとなることを頭では理解しているから。純粋に見えるカウロとの心の差が、自分だけが持つ記憶が嫌になる。そして将来的には地位や立場にも大きな差が出来てしまう。今のように隣で笑い合うことが叶うはずもない。

「喜んでいただけて嬉しいですわ」

これ以上深入りしてはいけない。恋の沼に足を取られてもがく未来など望んではいないのだから。ランカは数歩分カウロと心の距離を取って、にっこりとした笑みを顔に張り付けた。

投資活動と婚約者業を夢中でこなせば、あっという間に季節は移り替わり、子ども達はすっかり学校に馴染んでいた。

「将来困らないように、大切な人を守れるように努めなさい」

ランカは子ども達の頭を撫でて、何度もそう言い聞かせた。それは子ども達に告げると同時に、自分自身にも言い聞かせていた言葉。将来困らないように。そして大切な自分自身を守れるように。悲劇で転落しないように努めるだけなのだ。たとえ、無垢《むく》な子ども達を利用したとしても……。

「ランカ様、出来たよ」

「ランカ様見てみて〜」

けれどこうして幾度となく学校へと足を運び、ランカ自ら子ども達の相手をするのは罪悪感からではなかった。ただただ自分に懐《なつ》いてくれる子ども達が可愛らしくてたまらなかったのだ。

会社と家を往復するだけの生活を繰り返した結果命を落とした前世を持ち、そして今世では最悪の未来を常に頭の端に置き続けなければいけないランカにとって、彼らは癒やしだった。枯れ果てた荒野に水を与えてくれる。状況が改善することはない。だが一瞬でも潤いを得られれば、止めてしまいそうになった足に鞭《むち》を打つことが出来る。まだ出来る。この子達のためにもここで止まってなるものか、と前を向く勇気をくれる。

「よく出来たわね」

褒めてあげれば顔をくしゃりと丸めてえへへと笑う。小さな頭に手を乗せて髪を梳《す》くように撫でてやればその目は細く伸びていく。ランカが出来るのは若葉を付けたばかりの彼らを栄養の行き渡りやすい土壌へと移し、適度に水を与えるまで。そこから栄養分と水を吸い上げ、才能の花を完全に咲かせることが出来るかは彼ら次第。

なるべく差が出ないように気を配るつもりではあったが、何人かは途中で脱落してしまっても仕方のないことだと考えていた。得意なこと、興味があることが成長に応じて変わることもある。才能があり、他人が最善のサポートを尽くしたところで開花のタイミングは人によって異なる。見捨てるつもりはないが、無理をさせるつもりもなかった。けれど子ども達は皆、期待以上の成長を遂げていった。このまま何事もなく進めば、自ずと彼らは夢に向かって歩き出すことが出来るだろう。その時『悪役令嬢』である自分との関わりが枷《かせ》にならなければいい。そう、願わずにはいられなかった。

着実に投資先を見つけ、逃げ道を確保する。もちろん旅先で珍しい本を見つければ投資で得た利益で購入する。真面目な人達ばかりで、あまり当てにはしていなかった返済額もなかなかのものだ。おかげでランカの自室の本棚にはすでに五冊の本が並んでいる。どれも専門書ばかり。時代の流れで情報が変わることはある。その場合は買いたたかれることになるが、確実に売れる。無駄になることはない。

最近はここ数年で一大ブームを引き起こしそうな異国物語も買い集めようかと検討している。ただこちらは流行時を狙って売りさばかねばならないため、情報を流すことで商人への投資となりそうだが——とここまでなら、ランカの計画は非常に順風満帆と言えよう。

実際『投資』自体は上手く行っている。金だけではなく、信頼も着々と積み上がっており、このまま活動を続けていれば断罪後の道も切り開けることだろう。

問題は投資以外のことにある。

「こんにちは」

「あ、王子様だ！　いらっしゃい～」

カウロが度々学校に足を運ぶようになったのだ。

確かに彼と会った際、チラッと子ども達と学校の話をしたが、場所までは告げていない。本当は優秀な彼らの自慢だってしたいところをグッと抑え、すぐに話題を切り替えたはずだ。けれどどこから聞きつけたのか、彼はランカの投資先でもある小さな学び舎に足を踏み入れてしまったのである。名前が名前だけに、探そうと思えばすぐに見つけられたのだろう。だがあくまで探そうとすれば、の話である。

今までランカが様々な場所へ足を運び、投資を行おうともカウロが深入りすることはなかった。話を聞きたがることはあるが、それだって話のネタ程度の認識だったと思う。ランカに合わせてくれただけかもしれない。どちらにせよ城の中や手紙の中だけで完結するものだった。なのに、なぜ今回に限って……。

王都の外れに位置するこの場所は城からも距離がある。いくらまだ幼いとはいえ、彼も王子だ。社交の他にも手習いやマナー講座など忙しい日々を送っている。けれどカウロは週に二度ほど馬車を走らせ、付き人と共に訪れるのだ。婚約者であるランカと予定が被《かぶ》る日が多いためか、訪問日が被ることも少なくはない。何かと理由を付けて遠ざけてしまいたいが、王子とその婚約者が揃って訪れれば子ども達や、その親はひどく喜んだ。

「ミゲロ、よく頑張ったな」

「うん。でも僕、もっと頑張るよ！　大きくなったらカウロ王子とランカ様のために働くんだ！」

「それは頼もしい」

「ミゲロだけズル～い。私も大きくなったらランカ様付きのお針子になるんだから！」

カウロは優しい人だ。ランカが投資を始めるにあたって様々なことに手を出し始め、自ら馬に跨がっても苦言一つ漏らすことはなかった。むしろ新たな知識を取り込んだばかりで、興奮気味に語る言葉さえも笑顔を浮かべながら聞いてくれた。そんな彼を、子ども達が慕うのに時間はかからなかった。

これは将来何かあった時、揉《も》めてしまいそうだ。子どもだからこそ純真で、けれども無力だ。子ども達への投資は、将来、彼らが大きくなった際に匿ってもらえればと思ってのこと。だがカウロとまで仲を深められれば、この作戦は意味をなさない。

純粋で向上心と才能溢《あふ》れる子ども達を集めた学び舎という場所を作ってしまったのは失敗だったかもしれない。自分の運命にこの子達を巻き込みたくないと思ってしまったのだから。けれど今さら後悔したところで、ここで投資を打ち切るなんて出来るはずがない。

「時すでに遅し、か」

ランカは誰にも聞こえないよう、小さくため息を吐いた。せめて自分がいなくなる前に一通りの教育を終えなければ。責任感をメラメラと燃やしたランカは今まで以上に子ども達の元へ足を運ぶようになった。

もちろん他の事をおざなりにすることはない。子ども達への教育と並行して、貴族としての役目、王子の婚約者としての役目をこなしつつ、投資先のカバー。そして新たな投資を進めていった。

「ランカ、来月どこかでお茶会を開こうと思うのだが、都合の悪い日はあるか？」

「いえ、大丈夫です。予定日をいくつかいただければ、スケジュールを空けておきます」

「悪いな」

「私が勝手にやっていることですから。それに私こそ、家の用事を合わせてもらうなんて……」

「私だって好きで応援しているんだ。気にするな」

「ありがとうございます、お父様」

目まぐるしい日々の中、ランカは以前にもまして奔走した。父から提案された誕生日パーティーの開催は断り、カウロからの誘いも断った。今が大事な時期だからと伝えれば、二人ともすぐに頷いてくれた。そして頑張れと背中を押してくれた。だが今になってそれは自分の甘えでしかなかったのだと実感させられる。

去年は投資先から帰宅後、彼からのプレゼントを渡されてハッとした。サファイアが瞳に埋め込まれた白い鳥の置き時計を机に飾りながら、申し訳なさと嬉しさが混じった気持ちでペンを走らせた。そんなこともすっかりと頭から抜け落ちており、今年はカウロに遠慮がちに予定を聞かれて思い出した始末だ。

来年こそは忘れてなるものかと頭を抱え、誕生日に父からもらった二冊の手帳の一つに大きな赤い花丸を書き込んだ。自分の誕生日と、カウロの誕生日に。まるで次の誕生日を今か今かと待ち望んでいる子どものようだ。だがこうでもしなければ来年も忘れてしまっているに違いない。平然と馬車に乗り込み、投資先へと向かう自分の姿が簡単に想像出来てしまう。過労で死んだというのに何かに没頭する癖は抜けないらしい。今世は動いていることでカウロから目を逸らそうとしている分、なお悪いか。だがランカにはこのくらいのことしか出来ないのだ。

手帳は投資活動用と、それ以外に分けさせてもらった。二年前から常に所持しているようにしていた手帳だが、用途を分けるだけで一気に見やすくなる。どちらにもノートスペースがあり、投資用には各地で得た情報を書き込み、それ以外の、主に社交の予定を書き込んだものにはご令嬢達の好みを書いていく。趣味や色、ドレスの型や婚約者について。今後に活かせる可能性があるものは全て書き込んだ。もちろんそのご令嬢が出席するお茶会の日に上手く立ち回れるように、だ。

ランカは投資活動の一環として、お茶会に出席する際には必ず投資先の物を身につける。小さくて、簡単なものでいい。流行と噂《うわさ》のアンテナを常に張り巡らせているご令嬢方の視界に入りさえすれば十分だが、彼女達の好みの物であれば食いつきは段違いとなる。確実なフックを作るべく、ランカはいついかなる時も情報の収集を怠《おこた》ることはなかった。

よく晴れた今日、ランカはとある公爵令嬢からお茶会に招待されている。十数人のご令嬢が集められた比較的小規模な会だが、ランカはとある計画を胸に抱いていた。

サシェを売り込むのだ。ウィリアムによればすでにサシェに興味を持つご令嬢方もちらほらと出てきているようで、次の段階に移ろうとする彼の判断にランカも納得して頷いた。だから今日は次の段階に移るためのいわば種まきのようなもの。

少し風に爽やかな熱を感じ始めたこの時期、主催者の屋敷にはピンク色のペチュニアが咲き誇る。ツクバネアサガオとも呼ばれる花で、名前の通り、花が朝顔とよく似ている。前世には香りに特化した品種もあったが、この屋敷に植えられているものはほぼ無臭。香りを売り込むには絶好な機会だ。

「サシェ本体に食いつくか、刺繍・香りの単体に食いつくか。せめて香りにだけでも反応してもらわないとよね」

売り方を確立するためにはやや参加者の数が少ないが、今日の反応をベースに方向性の案を練るには十分だ。今日のために作ってもらった小さなサシェをくりつけた扇子をドレスに仕込み、馬車を降りる。

「この度はご招待いただきありがとうございます」

ドレスの裾をちょこんと摘まみ、主催者である令嬢に挨拶をする。そして他の参加者同様に用意された席に腰を下ろす。ランカの席は主催の令嬢の隣。実に良い席順だ。

全員が集まり、お茶会が開始する。カウロと二人きりの時とは違い、完全に和《なご》やかとは言い切れない。夜会デビューもまだの子どもだと侮れば足元をすくわれることとなる。面白い話とあればすぐに食いつき拡散してしまう。耳の早さと行動力は幼くとも貴族そのもの。恐ろしくはある。だがランカはいつだって彼女らの特性を利用してきた。そして今日もまた噂好きな彼女らの性《さが》を利用するつもりでここにいる。

「先週参加したお茶会でエリス様が身につけていらした装飾は素晴らしかったですわね」

「なんでも南方の小さな村の特別製なのだとか」

「彼女のお姉様がそちらに嫁がれていましたわよね」

「伝手《つて》が出来たのでしょうか」

そう言葉を紡ぐ令嬢は嘲笑《あざわら》うかのように軽く笑った。けれどすぐにハッとしたようにランカの顔色を窺う。投資を行い、各所で縁を築く彼女の機嫌を損ねてはいないかと内心焦っているようだ。だがこんな反応は慣れっこだ。気にしていませんよと軽く微笑みながら「以前彼女の髪留めにふんだんに使われたパールは近くの領の名産でしたわよね」とサクッと話を流す。そこからエリス様の話題に戻ることはなく、アクセサリーの話題に話が移る。

ご令嬢達の話に軽く参加しながら、意外と宝飾品を売り出す機会は多そうだと内心笑みを浮かべる。だが派手に煽《あお》るのも危険だ。値段が張るというのもあるが、令嬢同士、家同士の関係性も注意する必要がある。なるべく自然に、角が立たない方法を考えた後で切り出さねばなるまい。

その点、今日売り出すものはあまり細かいところに注意しなくていい。彼女達の関係性を少し深めに知るためにも持ってこいの商品でもある。ランカが自然な流れで扇子を取り出せば、予想通り、主催のご令嬢が話として持ち出してくれた。

「ランカ様の扇子についている袋はサシェですか？」

「ええ。最近のお気に入りですの」

今日のランカは投資家であり、公爵令嬢だ。ガツガツと攻めることはせず、控えめに笑ってみせる。

話の主導権はあくまで他のご令嬢に握らせたまま。すでに情報を掴んでいる令嬢がいるのならば、ランカの口からアピールするよりも彼女達の口から感想を聞かされた方が心に響くのは確実だ。

「最近平民達の間で流行《はや》っているという、ランカ様の投資先の一つですよね」

「素敵なものですから、是非にと話を持ちかけさせていただきました。いろんな方々に気に入っていただけて嬉しいです」

「当家のメイドはみんな持っていますわ。ふわっと香る花の香りが素敵で、私自身もお気に入りの香りのサシェを寝室に置いてますのよ」

噂好きのご令嬢方が仕入れる情報は何も貴族の間の流行だけではない。時に彼女達は平民達の流行さえも取り入れる。主な情報源はメイド達だ。男爵家辺りでは流行りそうだと踏んでいたが、まさかこんなに早い段階で公爵令嬢の心さえ射止めるとは。ランカは彼女達の興味を甘く見ていたらしい。今日は興味を持ってもらうことが目的だったが、あっさりと目標ラインを越えてくれた。ニヤけそうになる気持ちをなんとか抑え、使用者である令嬢を話の中心に立たせる。

「寝室に！　素敵だわ」

「私はバラの香りを愛用しておりますけど、確かラベンダーの香りは快眠効果が得られるのですのよね？」

「ええ。ラベンダーの他にもベルガモットなどはリラックス効果が得られますわ」

「私も早速置かせましょう」

「香りもいいですが、袋の刺繍も見事ですわよね」

「ツタの部分も素敵だわ」

「さすがはランカ様」

「才能を見つける天才ですわ」

「いえ。たまたまご縁があっただけですわ」

ふふふとおしとやかな笑みを浮かべながら、目標の達成を祝う。こんなにあっさりといくのなら刺繍したリボンをもう少し見やすい位置に取り入れるべきだったかもしれない。今日は青いリボンでハーフアップにした髪をまとめているだけ。だが三つ編みかフィッシュボーンにして髪と同系色のリボンを編み込んでみれば良かったかもしれない。だがいくら投資活動に本腰を入れているとはいえ、ランカは王子の婚約者でもあるのだ。他家のお茶会で派手に動くのはあまり良いこととは言えない。引き際をしっかりと見極めてこその投資だ。

王子の婚約者として恥ずかしくないように。権力を振りかざして、他の令嬢を取り巻きとして侍《はべ》らせないように。今日の成功に満足して、主催者である公爵令嬢の話に切り替える。自然に話題を変え、しっかりとこの場にいるご令嬢方に話を振るのも忘れない。

令嬢達の手習いの一つである刺繍に話が移り、婚約者に渡すにはどのようなものがいいか、お茶会のドレスに刺繍を取り入れるべきかと話に花を咲かせる。紅茶で喉を潤しながら、貴族のドレスは難しくても平民向けに売り出されている既製品のブラウスやワンピースに刺繍などの装飾を施せば売り出せそうだと思考を巡らせる。だが普通のものだと自宅でも出来てしまう。針子と組んで準オーダーメイドの服を作るのもコスト面が……。このアイディアは商人や職人に話を持ち込む段階に昇華出来そうもない。とりあえずはリボンと香水でいいか。頭の中で計画を練っていると、急に話がランカへと振られる。

「ランカ様！　ランカ様はカウロ王子にどんな誕生日プレゼントをいただいたのでしょうか？」

「誕生日プレゼント、ですか？」

「はい！」

どこをどう舵《かじ》を取れば誕生日の話題になるのだろうか。些《いささ》か強引すぎないか。ランカは少し離れた位置に座っていたご令嬢を中心に少し視線をずらしていく。当の彼女は爛々《らんらん》と目を輝かせている。どうやらずっとこの話が聞きたくてうずうずとしていたらしい。一方で他の令嬢達だが、彼女達も似た目をしていた。

「バラをモチーフにしたネックレスを頂きましたわ」

バラはバラでも赤でも白でもなく、緑。石はエメラルドが使用されていた。小さいながらも精巧に再現されており、ついどこの職人に依頼したのかと聞きそうになったほど。蝶々のバレッタと翌年のイヤリングに続き、青色のものを贈られると思っていたので非常に驚いた。だが彼のネクタイに視線を落とせばやはりそこにはバラのモチーフのピンが飾られていた。二年ともランカと合わせたピンを愛用していたため、今年は少し色を変えてみたのだろう。

「やはりそうでしたのね！」

話を切り出した令嬢は想像通りの答えが返ってきたことを喜ぶようにパチンと手を合わせ、明るい声を漏らす。

「私、先日のお茶会でカウロ王子が新しいタイピンを付けていらっしゃるところをお見かけいたしましたわ。確か緑のバラのピンを！」

「お揃いですのよね⁉」

「ええ。カウロ王子の瞳の色と同じですの」

彼が明言した訳ではない。だが実際、同じ色なのだから間違ってはいない。前世と同じく緑のバラ自体は存在するのだが、この世界ではあまり一般的ではないようだ。王都に店を構える花屋ですら仕入れは難しいらしく、国内を飛び回るランカですら目にした回数は片手の指で数えられるほどだ。だからご令嬢達の記憶に強く残っていたに違いない。妙に食いつきの良いご令嬢達に押されつつも、投資の機会になりそうなところを見逃すつもりはない。

「素敵ですわ〜」

ランカの答えに彼女達は皆一様に赤らんだ顔を両手で押さえる。誕生日から日が経っているからこそ、ランカは距離をおいた状態で彼女達を見ることが出来る。当日は帰ってから数刻ほどうっとりと眺めていた。婚約者が誕生日プレゼントを贈るなんてごくごく当たり前の行為である。ただそれだけ。深い意味はないはずだ。調子に乗ってはいけないと自分を諌《いさ》めたものだ。まるであの日の自分を見ているようで、段々恥ずかしくなってくる。顔が少し赤らんだが、ランカはそれさえも投資に利用する。

「去年までは私の瞳と同じ色のアクセサリーを、今年は彼の瞳と同じ色のものを贈ってくださいましたの。離れていてもお互いを近くに感じられて……」

　ランカは必死にこれも情報収集の一環、投資の一環だと自分に言い聞かせる。その甲斐《かい》あってご令嬢達は驚くほどに食いついてくれた。

「自分の手元に置いておくだけではなく、ランカ様にも自分の色を持っていて欲しいなんて!!」

「ロマンチックですわ～」

「そんな重要な瞬間を見逃すなんて！　過去の自分が憎いですわ！」

「教えてくだされば良かったのに」

「私はランカ様の首元に飾られたネックレスまでばっちりとこの目に収めましたわ。ランカ様の陶器のような白い肌にカウロ王子の色が乗っている場面を」

「羨ましいですわ……」

　彼女達はきゃっきゃとロマンストークに話を弾ませる。次第にカウロとランカの話題からそれぞれの婚約者の話題へと変わる。ランカはカップを傾けながら、これは先ほどのアクセサリーと合わせて良い流れが出来そうだと予想外の収穫を喜ぶ。

　頻繁に行われるお茶会はいつも似たような話題ばかりがあがる。だからこそ、今回のように違うネタが手に入った時の印象は強く残る。帰宅したら早速ウィリアムに知らせを出そう。サシェとアクセサリー、どちらが強くインパクトを残せたかの答え合わせまでさほど時間はかからないだろう。

贈り物の話で盛り上がったお茶会から一夜明け、ランカはいつものように学校へと足を運んでいた。

今日は針子志望のイリスにつきっきりで刺繍を教えている。

「ランカ様。これ上手に出来たら持って帰っていい？」

「いいわよ。ご両親に見せてあげなさい」

「うん！」

チクチクと針を進めながら、ときおり隣から飛んでくる相談に応える。イリスは実家でも兄弟の繕いものをしていた経験があり、元々裁縫は得意なのだ。その上、飲み込みが非常に早い。マナー講座をマスターしていくよりも早く、ぐんぐんと腕前をあげていく。このままだと刺繍の腕はすぐにイリスに抜かれてしまいそうだ。彼女の教育はよほど予想外なことでも起こらない限り、学校でも一番早く終わる。彼女のご両親と相談して、早めに本職の人達に教えてもらえる環境に移すのもいいかもしれない。子ども達にとっての最良の道を考えながら、ランカも手を進めていった。もうすぐで終わりにさしかかろうという頃、手元に聞き慣れた声が降り注いだ。

「ランカ」

「カウロ王子」

すでに空は夕暮れ色に染まっており、暗闇に支配される時刻も近い。今日はもう来ないと思っていたが、時間が空いたのだろう。少しの時間でも足を運んできてくれるとは、なんとも子ども達思いのマメな人だ。

「いらっしゃってたんですね。お構いできなくてすみません」

ぺこりと頭を下げて、隣の椅子を引く。カウロが王城で使用しているものと比べればひどく劣る。彼自身が気にしないことを良いことに、遠慮なく勧めさせてもらう。腰を下ろしたのを確認して、ランカはお茶の用意に立ち上がる。普通の令嬢がお茶の用意なんてしないが、ここは学校だ。自主性を重んじる場所で、設立者であるランカがお茶一つ淹れられないなんてことはない。

前世の知識と、今世で見てきた使用人の技。そして講師陣や各地で人々から聞いた話を元にすれば、極上二歩手前くらいのお茶は淹れられるようになった。カウロに披露したのはわずか数回だが、いつも喜んで飲んでくれている。それにもし手を付けられずとも、形だけでも用意することに意味がある。歓迎の意味を示せれば十分なのだ。ティーセットが置かれた場所に足を向けたランカだが、その腕は客人によって掴まれてしまった。

「いい。それよりもそれ……」

「これですか？　今、イリスに刺繍を教えているんです」

カウロの視線の先には、ランカの刺した刺繍がある。

「綺麗だな」

「ありがとうございます」

目を細めて笑うカウロに、少しだけ胸が高鳴った。ただ刺繍の腕を褒めてくれただけなのに。ご令嬢達とのお茶会で、ほんの少しだけ思考が恋色に染まってしまったのかもしれない。ほのかに赤らんだ頬を悟られないよう、少しだけ視線を上に逸らす。腰を下ろし、彼によく見えるように布を差し出した。

「私に譲ってもらえないだろうか？」

「これですか？　ですがとても何かに使えるようなものでは……」

今回は練習ということで、カウロに渡したような絹のハンカチではなく、布の端切れを使用している。上手く繕えばコースターくらいなら使いようがある。家に持ち帰るイリスの分はともかく、ランカの分は何かに利用出来ないかと考えていた。だがカウロに渡すという選択肢は一瞬たりとも浮かんでいなかった。なにせ端切れだ。婚約者どうこう以前に貴族、ましてや王子に渡すような代物ではない。

「いいんだ。私は、これが欲しい」

『これがいい』なんて強く主張する言葉をカウロの口から聞いたのは初めてだ。

もしかして今日の刺繍がコスモスだから？

ランカは、頭に浮かんだ都合の良い考えをすぐに取り払う。カウロがコスモスに惹かれるはずがない。コスモスなんて、思い出の花なんてきっと覚えていない。いつだってカウロが贈ってくれるのはバラの花なのだから。

なぜ今日、よりにもよってコスモスの刺繍なんてしてしまったのか。深い意味などないつもりだが、無意識だからこそ余計未練がましく思えてしまう。思い出なんて胸にしまっておけばいいのに。ランカは軽く唇を噛《か》んだ。

「以前お贈りしたものはお気に召しませんでしたか？」

ランカが贈ったハンカチをカウロが使用している姿は何度か目にしている。だが優しい彼のことだ。きっと義理で使ってくれていたのだろう。そうでなければ端切れなどを欲する理由がない。出来上がった花から視線を逸らし、わざとらしく眉を下げる。

「え？」

「拙《つたな》いものをお渡ししてしまい、申し訳ありませんでした。こんな端切れなどではなく、後日新しいものをお贈りしますわ」

「そんなつもりは！」

ひどく焦った様子で言葉を紡ぐカウロに、ランカはにっこりと微笑んだ。

「次は恥ずかしくないものをお作りいたしますので」

「……っ」

カウロは顔を歪《ゆが》め、コスモスの刺繍に視線を落とす。きっと彼はオブラートに包んだ言葉が解かれてしまったことを悲しんでいるだけ。傷つけないように遠回しに言ってくれたカウロの優しさを無下にしてしまったに違いない。ランカはそう自分に言い聞かせる。

カウロからコスモスを隠すように端切れを畳み、メイドに繕ってもらおうと心に決める。どうせ多くのご令嬢方はメイドか針子が仕上げたものを贈っているのだ。やはり自分で仕上げたものを、と思っていたが、また相手の機嫌を損ねるようなものを渡すよりもずっとマシだ。

泣きそうな顔で視線を彷徨《さまよ》わせるカウロに愛おしさを感じる。けれどランカはこれ以上深入りするつもりはない。

「私はこれから他の用事がありますので」

強引に話を切り上げ、その場から離脱する。

後日、新たなハンカチを渡せばこの日のことなどなかったように「ありがとう」といつもの笑みで受け取ってくれた。以降、カウロがコスモスの刺繍について触れることはない。けれどカウロが使用するのは決まってランカが刺した刺繍の入ったものだった。

「ランカ様、どの花にいたしましょう？」

「明るい色の花がいいわね～。パッと花が開くようなものでいくつか見繕ってちょうだい」

「かしこまりました」

日差しの差す時間も長くなり、そろそろ季節も春へと変わる。学校の花壇にどんな花を植えようかと悩んでいたある日のこと。ランカは遠方から帰ってくるなり、父の書斎に呼び出された。

一体何の用事だろうか？　近いうちにイベントでもあったかな？　首を傾げながら、ドアを三度ノックする。入室を許可され、父と向かい合う。世話話もそこそこに、本題へと突入した。

「来月開催される王家主催の夜会にカウロ王子の婚約者として、ランカに出席して欲しいそうだ」

「夜会、ですか？　ですが私の夜会デビューまではまだ後数年あります」

お茶会デビューに明確な年齢は定められていないが、夜会デビューは別だ。十五歳の誕生日を迎えるか、学園入学後にのみ参加が許される。お茶会よりも広い年齢の貴族達が参加し、夜会に参加すれば『貴族としての責任』がつきまとうようになる。夜会デビューは大人の仲間入りを果たすための指標と言える。いくら王子の婚約者とはいえ、特例は認められない。ここで許してしまえば他の貴族達が声をあげるに違いない。

争いの種になりかねないのではないかと考えたが、父がその可能性を考えないはずがない。何か思惑があるのでしょう？　と真っ直ぐ見据えれば、父は机の上に乗せた手を組み直し、ふうっと長い息を吐いた。

「陛下が、ランカなら大丈夫だと判断してくださってのことだ」

「陛下が……」

「ああ。当日は周辺国の王族が数人やって来るそうだ」

父はそう告げると、引き出しから参加者一覧を取り出し、机の上で滑らせた。すでにランカの参加は確定しているらしい。陛下の判断となれば、他の貴族とて文句は言うまい。ランカのことを評価してくれての決断なのだろう。王子として参加が必須であるカウロが不安にならないための付き人ポジションである可能性も高い。どちらにせよ、陛下の命令とあらばランカに拒否権は認められていない。

父の書斎を後にし、早速もらった名簿に目を通していく。主な参加はシュトランドラー王国の上位貴族。けれど父の言葉通り、周辺国の王族や主要貴族達の名前もポツポツと並んでいる。

「王子の婚約者として、粗相のないようにしないと……」

マナーは最低限として、彼らの国の文化も簡単にさらっておくべきか。頭の中でこの先数週間の予定を組み直し、空いた場所に勉強時間を追加していく。子ども達の勉強を見る時間を削りたくないが、他の投資先に足を運ぶ時間も減らしたくはない。無理に空けられる時間は、夜会に出席することを知っている王子との交流くらいなものだ。だがカウロに事情を説明するなんて、知識がないことを暴露してしまうようで気が引ける。見栄と言ってしまえばそれまでだが、彼には幻滅して欲しくなかった。

「残るは移動時間……か。学生時代はよく電車の中で単語帳めくってたな～」

前世とは違い、電車よりもよく揺れる馬車の中。読むのは異国文化を記した分厚い書物。主要言語が異なるため訳しながら読まなければいけない。単語をチェックしながら手首を捻って答えを確認するのとでは比べものにならない。辛いところだ。だが一度学べば、今後が楽になるのは確か。簡単なことはすでに教師陣から教え込まれている。今後の投資に役立つことが見つかるかもしれないと思えば、俄然《がぜん》やる気が湧いてくる。

「よしっ」

部屋に用意された机の前で一人、拳を固めて気合いを入れる。使用人に、名簿にある参加者達の出身国の歴史や風土が記載された書物を用意してくれるよう頼み、ランカは出席者の名前を頭に入れる。久々の調べ物と暗記は、ランカの心を躍《おど》らせた。中でもランカの興味を引いたのは、アウソラード王国だった。隣国ということもあって、一般教養として少しは知識があったものの、深く調べると他の顔を見せてくる。貧しい国として知られるアウソラード王国だが、勤勉で温厚な者が多く、幸福指数も決して低いものではない。だがこれといった名産品や観光名所がない。国家予算に余裕がないのか、新たに何かを開拓した様子はここ数十年では見られない。

何かきっかけさえあれば、急成長を遂げることが出来るだろう。

ランカの投資家としての感覚がそう告げていた。だが重要なのはその『何か』であり、『アウソラード王国との繋《つな》がり』である。特に後者は夜会でどうにか引っかかりだけでも作っておきたいところだ。

重点的にアウソラード王国の歴史や気候を詰め込み、温暖な気候で生活する彼らが気に入りそうなものを探し回った。そして隣国に一番近い領地で使われている生地に目を付けた。王都にほど近い場所で暮らしているランカ達が身につけるものとは肌触りがまるで違う。汗をかいた際にもべたつきにくく、さらっとした状態を長時間保ち続けられることが一番の特徴だ。

昼夜で気温差がある彼らの国でも使用されており、見た目から親しみやすさを感じさせることが出来るかもしれない。今回の夜会は王城で行われ、夜でも肌寒く感じることはない。だからランカは思い切ってこの生地でドレスを仕立てることにした。ギリギリの日程ではあるが、馴染みの針子に頼み、夜会の二日前にどうにか仕上げてもらった。

選んだのはランカの瞳と同じ色の生地。勝負に打って出るならやはりこの色でなくてはならない。アラブの民族衣装であるアバヤによく似たドレスは、裾がなだらかに広がっており、シルエットは少し大人っぽく見える。完成形がややシンプルだったため、黒の糸で胸元にペイズリーの刺繍を刺してもらった。目立ちはしないが、あるのとないのとではまるで違う。

夜会デビューに恥ずかしくない一品だ。

「綺麗だ」

「ありがとうございます」

迎えに来てくれたカウロからお世辞を受け取り、会場へと向かう。

ランカにとって初めての夜会だ。周りには大人ばかりで、年の近い相手はカウロのみ。王子の婚約者として連れてこられたとはいえ、ずっと共にいることは出来ない。離れた時がチャンスだ。緊張で胸が張り裂けそうなほど。バクバクと打つ脈さえも聞こえてくる。けれど同時にランカは興奮していた。これが上手くいけば、自国以外にも縁が出来るかもしれない。逃げ道は多く、多様であれば好ましい。アウソラード王国の王子が直接的な協力をしてくれなくとも、新たな道を切り開くきっかけにはなる。

会場入りをするために差し出されたカウロの腕に自らの腕を預け、煌《きら》びやかな舞台へと踏み出す。シナリオが始まり、エンディングが近づけばこの手は離れていってしまうことだろう。けれど今のランカはまだ『シュトランドラー王国第一王子の婚約者』なのだ。貴族スマイルを浮かべながら、先に会場入りを済ませていた貴族や王族達に挨拶をする。詰め込んだ知識効果もあり、周辺国からの招待客との交流では軒並み好感触を得られた。彼らと会話を弾ませていく中で、ランカが想定外だったことがある。

「ランカ様のお噂はかねがね」

「私どもの国にもランカ様の投資された品が入ってきましたが、どれも素敵なものばかり」

「私の娘はサシェを、妻は香水を気に入っておりまして。是非一度ランカ様とお会いしたいと申しておりました」

「光栄ですわ」

ランカの投資はすでに国を越えていたのだ。嬉しい誤算だ。話を聞けば、ウィリアムが各地に売り込んでいるらしい。ランカは売り方の一例を提示しただけだというのに、この短期間でここまで手を広げるとは……。さすがだと言う他ない。儲《もう》けさせてもらってますよと目を細める彼の顔が頭に浮かぶ。範囲を広げるに当たって一番苦労するのは信頼だ。実績を上げたという噂が広まっていれば、手を広げるのも随分と楽になる。次に顔を合わせるまでに、ウィリアムが好きそうな商品をいくつか見繕うことにしよう。

感謝の気持ち半分。これからも懇意にして欲しいという下心半分。

サシェと香水、そのどちらも気に入ってもらえているのならば、今度は初めから女性が好きそうな商品を優先的に流すのもいいかもしれない。また、今まではシュトランドラー王国で流通させることをメインに考えていたが、他国で買ってもらうことも視野に入れた方がいいか。ここ最近で詰め込んだ知識が早速、投資方面でも活躍してくれそうだ。

けれどやはりランカの第一目標は『アウソラード王国』なのだ。

王子の付き添いとして愛想を振りまきながら、一人になるタイミングを待った。舞台上での挨拶予定のカウロを見送り、ランカは窓際でワインを呷《あお》る男の元へと足を運んだ。アウソラード王国の王子、アサド＝アウソラードの闇に紛れそうな髪と瞳はどこか親しみを覚える。この世界の住人は瞳や髪の色が非常にカラーバリエーションに富んでいる。

実際、この場だけでも赤や緑に紫と、前世ではなかなかお目にかかる機会のなかった色ばかりが並んでいる。だからこそ初めて見つけた日本人と同じ色の瞳と髪に安心感すら覚えている。顔はゲーム補正なのか、非常に整っているが、イケメン耐性はこの数年で収得済みだ。臆することはない。ぶどうジュースを手にしたランカは、どこかつまらなさそうに窓の外を見つめる男に声をかける。

「もしよろしければご一緒してもよろしいでしょうか？」

「君は……ランカ嬢」

「覚えていただけて光栄ですわ」

「君のドレスは特徴的だからな。我が国のものとよく似ている」

「今宵《こよい》のためにあつらえさせましたの」

「私の国には君が興味を持ちそうなものはないと思うが……」

アサドもすでにランカの噂を耳にしているらしい。王子の婚約者としてではなく、一人の投資家として映っているのか、どこか自国を卑下しているように見える。関わって欲しくないといったところか。けれどドレスは気に入ってもらえたらしく、邪険に扱われることはない。アサドはグラスを傾けながら、ほおっと息を吐く。

「この国の夜会には茶が置かれていないのだな」

「お茶、ですか？　必要とあれば今からでも用意させますが」

「いや、いい。ただ文化の違いを感じただけだ」

「アサド王子の国はお茶が好まれるのでしょうか？」

「温かいハーブティーが朝昼晩と必ず食事と共に出される。また夜会でも酒と共に用意されている」

「ハーブティー……」

アウソラード王国ではお茶文化が根付いているのか。それも紅茶ではなく、ハーブティーときた。

まさか流通している茶葉・常飲されているお茶が異なるとは想像もしていなかった。けれどいくら隣国とはいえ、気候が異なるのだからあり得ない話ではない。

これは新たな商品となるのではないか。興味をそそられたランカは、真っ直ぐにアサドの目を見据えた。言葉は発さずとも、瞳でランカの気持ちを理解してくれたらしいアサドは、初めて楽しそうに笑った。先ほど自らの国を卑下するような発言をした彼だが、心から国を愛しているのだろう。

「興味を持っていただけたようで何よりだ。よければこの後、飲みに来ないか？　部屋に私専用に配合したハーブティーがあるんだ」

「いいのですか？」

「ああ。君さえよければ、だが」

「是非！」

ランカは両手を胸の前で組み、目を輝かせる。淑女らしくない行動だ。いくらこの会場で最年少とはいえ、子どもっぽすぎる。強く食いついてしまったことを恥じる。けれどアサドには好印象を与えたらしく、頬を緩ませてくれた。

「では夜会の後に」

国王陛下とカウロの挨拶を聞き、アサドとは一旦別れる。一仕事終えたカウロと合流し、ジュースを片手に他の参加者達との交流を続ける。

夜会も終盤に差し掛かった頃、人が引いたタイミングでカウロにアサドとの約束を話した。一国の王子様とはいえ、相手は男性だ。婚約者の許しもなく足を運んで、変な噂が立っても困る。カウロに了承だけでも取っておくべきだと考えての行動だった。

「アサド王子の部屋へ？」

「お茶をご馳走《ちそう》して頂けることになりまして」

「そうか。楽しんでおいで」

口ではそう言うカウロの表情は少しだけ悲しげで、まだ役目が残っている彼一人を残してアサド王子の元に向かうことに申し訳なさを感じる。だがランカはこの絶好の機会を逃すつもりはない。カウロに別れを告げ、アサドの部屋へと足を運んだ。

「どうぞ」

「ありがとうございます」

出されたカップはこの国のものとは異なる。ハーブティーと合わせて自国から持ち込んだのだろう。透き通った色の飲み物を淹れることを前提としているのか、カップの底には小さな花が描かれている。澄んだグリーンの湖の中にひっそりと花が咲いているようだ。秘密の花畑を見つけたようで、思わず頬が緩む。するとすっきりとした香りが鼻をくすぐる。ミント系を中心に組んでいるのか。早速淹れてもらったお茶を口にし、目を丸くする。

「っ美味しい」

ミント系を中心に調合しているという見立てはおそらく間違いではない。だが他に組まれた数種類のハーブの予測がつかない。今まで飲んできたどれとも違うのだ。今世のものはもちろん、前世で飲んだものとも少し違う。おそらく使っているハーブが違う。この世界、いや、アウソラード王国でのみ栽培されているものなのだろうか。

種を暴くように、再びカップに口を付ける。すると緊張していた身体を解《ほぐ》すようにぬくもりが広がっていく。健康効果だけではなく、リラックス効果もあるらしい。ホッと息を吐きながら、ゆっくりと味を楽しむ。

「おかわりはいるか？」

「いただきます」

つい先ほど対面を果たしたばかりだというのに、遠慮せずに二杯目までいただく。屋内だからと気を抜いていたが、やはりこの時間は冷えるのだ。美味しさと相まってついつい欲してしまうのも仕方のないことだ。味を堪能するように頬を緩めるランカに、アサドは自身のカップに口を付けながら目を細めた。

「我が国の国民達はこのお茶のお陰で健康を保っているといっても過言ではない」

アサドにとっては何気なしに呟いたであろうその言葉で確信した。

国内でしか飲まれていないこのお茶こそ、国の名産品になる――と。

貴族の多くは健康という言葉に目がないのだ。そのためには大陸一苦いと言われる薬草をすりつぶしたものを毎朝決まって口にするほど。必ず三杯の水が必要で、その後もしばらくは舌の上に苦みが残ってしまうとの話を耳にした。そんなものでも健康に効果がありさえすれば、大流行するのだ。とはいえ、そんなの本当に効いているかどうかわかりもしない。つまり必要なのは確かな効果ではなく、健康にいいという噂。このハーブティーは健康に良い上、食事をしながら飲める。しかもその味は癖になるものときた。投資家の端くれとして、このチャンスを見逃す訳にはいかない。

「このハーブティーを他国相手に売ってみませんか？　絶対に損はさせません！　必要な費用は私が出します」

ランカはカップを置き、代わりにアサドの手を握りしめる。確実に売れる自信があった。当初の予定としては今晩中に少しでも親交を深め、連絡を取れるくらいの仲に持っていくつもりだった。その中で特徴を探って、なんて計画は全て吹っ飛んだ。逃がしてなるものか、と一国の王子相手に熱く語る。

『流通ルートもこちらで確立する』

『利益の一パーセント以外は一切要求しない』

『元金返済および利益分支払い完了をもって契約を終了とする』

だから商売を始めましょう――と。

逃げ道確保のため、ランカはアウソラード王国側に有利な条件を挙げ続ける。この件でなら金銭的な損失はいくらしても構わないとさえ思っていた。下心はあるものの、決して損はさせないとやる気に満ちあふれている。相手の目を見つめ「是非考えていただけませんでしょうか」と頭を下げる。

「投資家として名を馳《は》せる君にここまで気に入ってもらえるとはな」

ランカの行動にアサドは息を飲んだ。各国でも話題になるほどの手腕を持つ彼女が自分の国のお茶をこんなにも評価してくれている、と。

「私だけではなく、大陸中の方々がハーブティーを気に入るでしょう。私はそのための手伝いをしたい」

「……君は本気で我が国への支援を考えてくれているのだな」

「支援ではなく、投資です。共に進むパートナーとして認めていただきたいのです」

未来を見据えるランカの瞳はまるで深海のよう。けれど海水の冷たさなんて感じさせないほどに、彼女は燃えていた。その瞳に、アサドの胸は強く打たれた。彼女の手なら取ってもいい、とその場で決心させるほどに。

「君の熱意には感動した。必ず陛下を説得すると約束しよう」

深く頭を下げ、アサドはランカがその場で用意した契約書を国に持ち帰ると約束してくれた。


十日後、ランカの元にはアウソラード王国からの使者がやってきた。運んできてくれた封筒にはアウソラード王家の印がある。小さく息を吸い、おずおずと中身を確認すればそこにはランカが夜会の日、アサドに渡した契約書と共に手紙が入っていた。どちらにも国王のサインが記されている。アサド同様、国王陛下もこの契約を了承してくれたのだ。

「すぐにお返事を書きますので、届けていただけますか？」

「もちろんです」

ランカは早足で自室へと向かい、すぐにペンを手に取った。手紙には契約了承のお礼と共に、近日中に挨拶に向かわせて欲しいと願いを記した。プラッシャー家の印を押した手紙を使いの者に託し、馬車を見送った。馬車の影さえも見えなくなった頃、ランカは棒立ちになりながら事実を噛みしめる。

「本当に、隣国との契約が取れたんだ……」

信じられないが、これも事実。それも自分の手で勝ち取った、喜ばしい事実である。

目からはぽろぽろと涙がこぼれ、自然と口角が上がった。涙で薄れた視界は普段の何倍も綺麗な世界を映しだしてくれた。


——こうしてランカは国外での投資先を手にしたのである。

【二章　悪役令嬢と王子様】

契約をもぎ取ったランカは、アウソラード王国の王族からの信頼を確立するよう努めた。この投資を成功させれば、確実に未来に続くトンネルは明るくなるはずなのだ。ランカは何度も大量のプレゼントを乗せて、国を跨《また》いで馬車を走らせた。

交流を深めた後で、アサドに頼んでお茶農家や職人達を城に集めてもらった。ホールには三十人ほどの人が集まり、茶葉を種類ごとに分けて置いた。飲み比べが出来るようにと茶葉ごとに異なる茶器を持った使用人が立っている。この国は一夫多妻制を取り入れており、以前、側妃の一人から味だけではなく香りも楽しめるのだ、との話を聞いた。使用されているハーブによっては気分を和《やわ》らげる効果もあるのだとか。広い会場で頭をつき合わせながら、どうすれば売れる品になるかを考える。そのための情報源として、現在他国で流通しているお茶をテーブルの上に並べて、それぞれの前に流通国や需要を記した紙を置いた。

ハーブティーと紅茶。種類は違うが同じお茶だ。馴染《なじ》みは薄いが、味は問題ない。流通ルートも投資で培った太いラインが存在する。だから問題は多くの人にとって未知の商品をどう売り込むか、である。もちろん『健康に効く』ことを推していくことには変わりないが、噂《うわさ》が拡散されないと意味がない。つまり初めに少数でも構わないから買ってもらうことが重要なのだ。誰もが腕を組んで考え込む中、アサドの婚約者であるフィリア付き侍女がおずおずと手を挙げた。

「あの、小分けで売るのはいかがでしょう。初めは少量から試していただくという選択肢があれば買いやすいかな、と。あくまで平民としての視点ではありますが」

「いいえ、素晴らしい意見だわ」

ランカは侍女の意見に拍手を送る。身近ではないものを定期的に購入してくれる顧客は貴族もしくは商人である、と想定ユーザーを絞ってしまっていたからだ。けれどアウソラード王国を含め、平民もお茶を楽しむ国は多く存在する。知らぬうちに視界が狭まっていたらしい。視野の狭さを反省しつつ、平民へ向けた流通経路を頭の中で探り始める。アウソラード王国のハーブティーは他国で飲まれているお茶よりも単価が低い。運搬費用など中間での費用が発生するが、平民でも手が届きやすい価格設定にすることは十分可能だ。

新たな需要の獲得に繋《つな》げられるよう、早速ランカ達はハーブティーの中でも癖が少ないものを数種類選び出した。茶葉が決定してからも量の調整を行っては香りを確かめ、何杯も飲み比べた。ようやく決まった適量の茶葉をパックに詰め、懇意にしている商人を中心に商業ルートに流してみれば、彼らは「次の流行はこれですか！」と新たな商品の流通に前向きな考えを示してくれた。

彼らの努力が芽を出すのにそう時間はかからなかった。今回の一件で、アウソラードのハーブティーに興味を持った貴族も少なくはない。物珍しそうに眺める彼らに商人は商機と見込んで、背中を押すかのように『ランカ＝プラッシャーの新たな投資先』だと伝えた。するとすでにランカの名前を耳にしていた貴族達は一様に目を見開き、これが次の流行か！と手を叩《たた》いた。流行に敏感な貴族達はこぞって大量に買い込む。『ランカ＝プラッシャーの投資品がまたしても品薄になったらしい』との噂が流れ、買い占めに成功した貴族やランカの元には多くの貴族達が押し寄せる。人が人を呼び、需要は右肩上がりに増え続けていく。そこまでランカは全て予想していた。すでにアサドには茶畑の労働者を増やすように進言していた。そのための莫大《ばくだい》な額の投資だ。そして一年が経《た》つ頃には、アウソラード王国は巨額の富を手にしていた。茶畑の拡大のおかげで職にあぶれる者も少なく、他国に流通させる商品を包装する職も出来た。

「手に入ったお金は何に使うべきだろうか？」

アサドに質問されたランカは少し悩んでから、素直な言葉を告げた。

「学校や孤児院を新設してはどうでしょうか？」

「学校はランカの投資先の一つだからわからなくもないが、なぜ孤児院なんだ？」

ランカの進言にアサドとフィリアは首を傾《かし》げる。

「子どもはその国の将来を担う存在だからです。すぐには芽が出ずとも数年から数十年後、必ず国は今よりもずっと豊かになるでしょう。貧困層を完全になくすことは難しい。けれど格差をなくすことは出来ます。もちろん多額の投資が必要になります。だからこそ、お金のある今こそ手を入れる絶好のチャンスになるのではないでしょうか？」

真剣な眼差《まなざ》しを向ければ二人も真面目な表情で顔を寄せる。

「詳《くわ》しく聞かせて欲しい」

初めはアサドとフィリアだけだった話し合いは、アウソラード国王やお妃様達、宰相や国の重役も交えての会議になった。アウソラード王国は財を成したが、それでも一つの産業に頼っていては完全に貧困から抜け出すことは出来ない。そのことを彼らは理解していたのだ。

「あくまでこれは他国の例。モデルにすぎません。けれど国の未来を考えるならば『子ども』は決して無視出来ない存在と言えるでしょう」

ランカの言葉に室内の全員が深く頷《うなず》いた。協議の末、この一年で得た収入の一部を使い、二ヶ所の学校と四ヶ所の孤児院が建てられることが決まった。むこう十年先の教育・支援予算を確保してもなお、ランカの出資した金額など余裕で返済出来るほど。

「ランカ。君のおかげで国は安泰だ。借りた金は返す。けれどこれからもどうか我が国との交流を続けてほしい」

一ヶ所目の孤児院が完成すると、アサドは一年と少し前に借りたお金をランカへと返済した。それでも彼はランカとの関係を切るつもりはない。これからもアドバイスを……という下心もない訳ではないが、彼らにとってランカは恩人なのだ。収入に対して入った少しの利益を渡すだけでは、とてもじゃないが受けた恩を返せる訳がない。そう考えたアサドは「なにとぞこれからもよろしく頼む」と頭を下げた。

「もちろんです」

投資を通じて信頼を獲得したいランカにしてみればありがたい申し出だった。差し出された両手を握り、彼らとのこれからも続くであろう関係に最大級の微笑《ほほえ》みを浮かべた。

「それで、早速相談したいことがあるのだが」

「なんでしょう？」

下げた頭を勢いよくあげると、アサドは真剣な眼差しを向けた。けれどいつもとは少し違う。黒い瞳を丸く見開いて、まるで子どものようだ。一体どんなことを相談されるのだろうか？　小さく息を吸って、心の準備をする。

「あまった財源で新たに行いたいことがある。それが現実的かどうか、客観的な意見が欲しい」

「わかりました。出来ることがあれば私もお手伝いいたしましょう。それでその内容は？」

アサドのことだから突飛なことは言い出さないだろう。そんなランカの想像は大きく裏切られることとなる。ランカが続きを求めれば、アサドはいたずら好きな笑みを浮かべた。

「石油の採掘だ」

「石油……ですか？」

「王族に代々伝わる書物に過去に油田が存在したとの記述があってな。油田が埋まっているであろう候補地はいくつか発見されているのだが、発掘するための費用が捻出されずにずっと放置されていたんだ。だが財源に余裕がある今なら出来ると思ってな。それでランカ……どうだろうか？」

石油、か。想像もしていなかったワードに、ランカは口元に手を当てながら考える。アウソラード王国の国土の三割は砂漠が占めている。残りの七割に当たる緑地帯で茶畑を広げ、茶葉の生産を続けているが、これから先も同等の利益が見込めるかは不明である。

もちろん一回のブーム程度で終わらせるつもりは毛頭ない。それでも現状は目新しさから大量購入されているのであって、このまま売り上げを維持し続けるのは不可能だ。確実に数値は落ちる。それは何度となく彼らに言い聞かせていたことだった。アサドはそれを理解した上で、財源があるうちに次の手を打ちたいといったところか。

それ自体は賢い選択である。だがこのタイミングで茶畑から石油採掘に人的コストを割《さ》くのは賢い選択と言えるだろうか。ただでさえ教育に手を出し始めたばかりなのだ。茶葉産業をある程度続けてからの方が堅実ではある。しかし現在、大陸中、どこの国もエネルギー源を求めている。特に豊かで産業的に発展している国ほど、喉から手が出るほど大量のエネルギーを欲している。この状況で油田が発掘されれば、アウソラード王国はさらなる発展を遂げることが出来るだろう。

今、アウソラード国民のやる気は最大まで引き上がっていると言っても過言ではない。財源に余裕があるというのもウソではない。つまり費用だけはしっかりとあるのだ。問題は『人』だ。

「どこから作業する者を連れてくる予定でしょう？」

「現在土木建設に当たっている者達の中に、発掘を専門とする者達がいる。彼らに頼もうと思っている」

「つまり少数で進める、と」

「ああ、私の直轄の部隊として動かしていこうと考えている」

「…………そこまで決まっているのなら、私が口出しすることなどないでしょう。ですが、私とあなたの仲です。この手の知識がありそうな方に、この件に携わってもらえないか声をかけてみます」

「助かる」

アサドはぱあっと目を輝かせ、大輪の花が開くように笑う。初めからランカの伝手《つて》が目的だったのではなかろうか。話を受けてくれそうな人達を何人か頭に思い浮かべつつ、すっかりとアサドの思惑にはまってしまったことに苦笑いを浮かべる。けれど目の前で「よし！」とやる気と嬉《うれ》しさを隠そうともしないこの男を、ランカはすっかりと気に入ってしまった。

「フィリア！　フィリア、聞いてくれ！」

嬉しいことがあった時にすぐさま自らの婚約者を呼ぶところには愛らしさを感じてしまう。年齢はランカの方がいくつも下だが、あどけなく笑って婚約者を抱きしめる姿は子どものようで、素直な姿には好感が持てた。国民から愛され、強く支持される理由がよくわかる。今だって彼は民を一番に思い、行動した。おそらくランカを利用した自覚はないのだろう。ならばランカもまた、友人の手伝いをしてやろうという心持ちで腰を上げるのだった。

ランカは帰国するとすぐに知り合いに声をかけ、アウソラード王国へと送った。その度、アサドやフィリアはもちろんのこと、国民達はランカを歓迎した。茶畑を通りかかれば誰もが作業を止め、ランカの乗る馬車に向かって頭を下げる。砂漠に緑地と自然が溢れるアウソラード王国の風は時間によって全く違う顔を見せてくれる。その全てを体感するように、ランカはしばしば隣国へと足を運んだ。

もちろんカウロの婚約者としての役目も忘れていない。あの小屋に通って子ども達の成長を楽しみつつ、貴族としての役目も果たす。おかげでランカの予定はいつでも詰まりきっていた。けれど辛《つら》いと感じることはなかった。誰もがやる気に満ちあふれ、自身も出来ることをする。それは前世ではすっかりと失ってしまっていたランカのやりがいを刺激したのだ。

ただ一つだけ気にかかることはあった。

「ランカ、明日もアウソラード王国へ?」

「ええ。新たなブレンド茶を試したいとのことで、呼ばれているのです」

「そう、か……」

カウロはランカに会うと決まって悲しそうな表情を浮かべるようになったのだ。声のトーンは下がり、いつしか俯《うつむ》きがちの顔ばかりを目にすることが増えた。

俯くカウロに手を伸ばしたい衝動に駆られる。何があったのか教えて欲しいと隣に腰を下ろして、彼の悩みを解決する手伝いがしたい。もしやランカ関連の、何か悪い噂でも流れているのかと心配になって調べてみたが、どれも好意的なものばかり。一部では嫉妬混じりの悪評が流されているものの、そんなのは些細《ささい》なもの。とても婚約者であるカウロが気に病むようなものではない。となると、彼にこんな顔をさせてしまう要因はランカにあるのだろう。けれどこの後に待ち構えているシナリオを思えば深入りすることは出来ない。ランカは溢《あふ》れそうになる気持ちをグッとこらえ、距離を取り続けるしかないのだ。

石油が見つかってからすぐに送られてきた手紙には、今までの感謝と、これからも仲良くしてもらいたいという旨の文面が綴《つづ》られていた。

石油が見つかったことで、アウソラードがさらなる発展を遂げられることへの喜びで頬が緩んだ。努力が実ったのだ。同時に、ここまで好感度を高めることが出来れば断罪された後も安泰という安心感も押し寄せる。それも大勢の幸せと一緒にもぎ取ったものだ。これほど幸せなことはない。

ランカは手紙を両手で持ちながら、玄関先だということも忘れてルンルンと鼻歌まで歌い出した。たまたま訪問したカウロに目撃されてしまったのは恥ずかしかったが、興奮が冷めることはなかった。

それからもアサド達との交流は続き、以前よりも頻繁に手紙が送られてくるようになった。アサドからの手紙はいつでも国とフィリアへの愛で溢れており、何度読んでもランカを温かい気持ちにさせてくれる。

『フィリアとの結婚式では是非代表の挨拶をして欲しい』

『石油を巡る各国との交流が一段落ついたら、ランカの予定とすり合わせて日にちを決めよう！』

まさか異世界で友人代表の挨拶をすることになるとは想像もしていなかった。二人の結婚式なら喜んで参加しよう。きっと幸せに溢れた結婚式になることだろう。幸せのお裾分けをくれた手紙を手に、ランカは笑みをこぼした。


投資は成功続き。国内はもちろんのこと国外からの評判も高く、投資先からの信頼は厚い。いっそこのまま投資家として暮らしていけば、第二の人生は輝かしい物語として幕を閉じることが出来るのではないだろうか。そんな考えが頭をよぎる。けれど残念なことにランカ＝プラッシャーは悪役令嬢なのだ。

「はぁ……」

日が昇るよりも早く起きたランカは、窓の外を眺めながら憂鬱なため息をこぼす。前世の記憶を思い出してから季節が巡り、着々と人脈を増やしていったランカだったが、さすがにシナリオを回避することは不可能。真に活躍する舞台はまだ幕をあげてすらいなかった。

今年も家族に誕生日を祝われ、十五歳を迎えた年の春。いよいよ恋愛ゲームの舞台となる王立学園への入学が迫っていた。

王立学園は前世の大学とシステムがよく似ている。基礎科目をベースにしつつ、各々が好きな科目を受講可能だ。というのも、この学園の授業には受講資格というものが存在し、それを満たさなければ受講することすら叶《かな》わないのだ。

例えば、歴史や経済、文学など前世にも存在していたような授業の多くは誰でも受けられる。そしてファンタジー要素が混じる、薬草学や魔法道具学はそれぞれ指定の座学を履修し終えればいい。特殊な立ち位置にあるのは主に、魔法が直接的に絡む授業である。こればかりは魔力を持つ者のみが受講可能となり、乙女ゲームシナリオの前半イベントの多くがこれらの授業に関係ある場所で発生している。

シュトランドラー王国の王立学園は大陸で初めて魔法の授業を取り入れた学園である。他国からも魔力保持者が入学を希望するほどで、国側も積極的に受け入れを行っている。アウソラード王国で大きな油田が見つかったことで魔法と科学のバランスは少し変わったとはいえ、やはりまだ魔法というものは重宝される。

魔法は素質のある者しか使用出来ないというデメリットを持つが、欠点があるのは石油などのエネルギーも同じこと。いつ尽きるか、そもそも確実に手に入るかもわからない。ならば数が少なくとも素質を持つ者を育てようというのは道理である。シュトランドラー国側としても、多少の知識を他国に流してしまったとしても卒業生を通じて様々な国との縁が築けるならば安いものなのだろう。

学園への入学と同時に乙女ゲームシナリオが始まる。準備は万端。三年後に追放が迫っていても、逃げ道はある。路頭には迷わない……はずだ。

顔に冷たい水をバシャバシャとかけ、パチンと頬を叩く。気合いを十分に入れ、使用人に頼んでいつもよりも念入りに化粧を施してもらった。セーラー服を着用していた前世の高校時代、生まれ変わって憧れのブレザーに腕を通しながら自分の未来に思いを馳《は》せることになるとは想像もしていなかった。それも最悪な方面に。

ヒロインの桃色の髪に似合うようにとデザインされたライトブラウンの制服は、前世でもファンに人気だった。なんでも公式がゲーム内の制服を数着限定で売りに出したこともあるのだとか。ゲーム自体はプレイしたものの、グッズなどにはあまり興味がなかったため詳しいことはわからないが、ファンなら喉から手が出るほど欲するに違いない。

今のランカの目から見ても、特にボタンの装飾は非常に手の込んだ品だと思う。もしもランカが悪役でさえなければ、三年間の学園生活の第一歩は華やかなものとなっただろう。少なくとも皺《しわ》が出来ることも気にせずに頬杖《ほおづえ》をつきながら馬車に揺られることはなかったはずだ。

「はぁ……」

ランカは本日何度目かになるため息を吐き出す。けれど悩んだところで、シナリオ開始は半刻後に迫っていた。もう泣き言を吐く時間はないのだ。こぼれそうになるため息の代わりに、ランカはカウロへの思いを吐き出した。

「私はカウロ王子が好き。だから邪魔は、しない。別々の道で幸せになる！」

優しく包み込むような笑顔の隣で笑いたい。寂しげに俯く姿には手を伸ばしたい。けれど悪役令嬢である以上、王子様と共に生きることは叶わない。過労で、やりたいことも見つけられずに死んだ前世の自分のためにも、今度こそ幸せになるんだ。愛する相手と共に添い遂げることだけが幸せではない。幸せの形なんて世界中の人の数よりも多く存在するのだ。一つを手放したところで、また違うものを掴《つか》み取れば良いだけのこと。そのために五年もかけて道を開拓し続けたのだ。

馬車が舞台への到着を告げる。息を大きく吸って深呼吸をし、開かれたドアの向こう側にある校舎を見据える。あの場所に足を踏み入れれば最後、乙女ゲームシナリオの歯車から逃げることは叶わない。けれど公爵令嬢で、王子の婚約者でもあるランカは学園入学を拒むことなど出来ないのだ。どう転んでも舞台に上がらなければならない。

「大丈夫。きっと幸せになれる」

ランカは自身に言い聞かせるようにそう呟《つぶや》くと、悪役令嬢としての一歩を踏み出した。


乙女ゲームのプロローグに当たる入学式。カウロとヒロインとの出逢いは式が終わってすぐ。ヒロイン――アターシャが落としたハンカチをカウロが拾うところから開始する。告白方法もべたべたな王道ならば、出逢いもどこか古めかしい香りのする王道なのだ。

入学生代表の挨拶を務めるカウロとは離れた場所に座りながら、辺りを見回した。制服は男女二パターンしかないが、頭髪の色は非常に色彩豊かだ。ランカは改めてこの世界がゲーム世界であることを認識した。

そんなカラフルな髪の毛ばかりの世界でも特に珍しい、アターシャの桃色のフワフワな髪の毛はよく目立つ。きょろきょろと誰かを探すようなそぶりを見せる彼女は小動物のよう。愛らしさを感じさせる彼女にカウロも心を奪われてしまうのか。乙女ゲームの舞台に上がる決心はとっくについていたはずなのに、いざ目の前に現れると簡単に心が揺らぐ。それも断罪への心配ではなく、カウロを奪われる心配をしている。恋で目がくらんでしまえばどうなるかなんて簡単に予想出来るのに。唇に歯を立てながら、自分は悪役なのだと言い聞かせる。

けれど視界の端に映り込むアターシャはランカの気持ちなどお構いなしに、プロローグをなぞるように次々と攻略対象者との初対面イベントを起こしていく。

まずは式が始まる前に近くの席に座る男子生徒に声をかけ、そのまま席を立ったかと思えば近くの上級生に何やら相談をし、案内された椅子に腰掛ける。アターシャは特別枠入学を果たしたため、座る場所が通常の生徒とは異なるのだ。壇上からほど近い椅子に移動した彼女だが、これだけですでに二人分のイベントをこなしている。式はつつがなく終わり、立ち去ろうとした瞬間、アターシャのポケットからハンカチが落ちた。

「落ちましたよ」

「あっ、ありがとうございます」

「君の髪と同じ色だ」

「っ」

「特待生の挨拶は素晴らしかった。三年間、君のような生徒と同じ学び舎《や》で学べることを誇りに思う」

カウロの王子様スマイルで締めくくられる、ほんの少しのプロローグイベント。こんな些細なことでアターシャが恋に落ちたとは限らない。けれど一言一句ゲームと同じ言葉にランカは絶望へと突き落とされた。わかっていたのに、聞き覚えのある台詞《せりふ》が彼の口から紡がれただけで、喉が張り付いたみたいに声が出せなくなる。顔を赤く染めたアターシャは深く頭を下げて逃げ去るように会場を後にした。

遠くなるアターシャの背中を眺めながら、ランカはカウロ以外の攻略者達の情報を思い出す。乙女ゲームの攻略者だけあって、相手は実力者か権力者ばかり。真面目なことが取り柄の宰相に、脳筋だけど人望の厚い侯爵家の次男坊。それに遠くを見つめてぼうっと惚《ほう》けている青年は歴代一位の実力を持った先輩だ。確かどこかの国の王子だったはずだ。どことなくカウロ王子とキャラが被《かぶ》っているのではないかと言われた彼だが、そこは問題ない。

トラウマを抱えているものの、正統派なカウロ王子に対し、隠しキャラは清々《すがすが》しいほどのヤンデレだ。元々頭が良かったのに加えて、突如として自由になる財を手に入れた結果——アターシャを監禁する。それがＢＡＤＥＮＤ。ちなみにＨＡＰＰＹＥＮＤでも寝室でアターシャに首輪をはめてくれと懇願するような男である。

それが果たして幸せなラストかと聞かれると、ヤンデレ属性というものを十分に理解していなかったランカには『幸せは人それぞれ』としか答えることは出来ない。百本のバラと共にダイヤの指輪を差し出すコッテコテの王道王子とは正反対であることだけは確かだ。

「ランカ。よければこの後、城でお茶しないか？」

「え、ええ」

歯車が正常に回りだしたことに胸を痛めつつ、代表としての仕事を終えたカウロの誘いに手を重ねる。これが彼との最後のお茶会になるかもしれないと思うと断ることなど出来なかった。

小さく息を吸えば上品なバラの香りが鼻をくすぐる。王家自慢のバラ園でのささやかなお茶会で、カウロとランカはお互いに近況を語りながらハーブティーをすすっていた。ランカの顔色をチラチラと窺《うかが》うカウロに、これは何かあるなと確信した。アターシャ関連の話題は今日くらいスルー出来るものなら、無視を貫きたい。けれどカウロの様子があからさまにおかしいとなれば話は別だ。心を決めて、カップを置いた。

「カウロ王子、どうかなさいましたか？」

首を傾げてみれば、カウロは少し迷ったように視線を彷徨《さまよ》わせた。言いづらいことなのだろうか。まだ接触イベントが発生しただけとはいえ、気が抜けない。ここで大事な言葉を聞き逃してはなるまいとランカは全神経をカウロへ向ける。すると彼は真っ直《ます》ぐな目を向けた。

「ミゲロに剣術を習わせてやりたい」

「剣術、ですか?」

想像もしていなかった話題に、ランカは目を丸くした。

「ミゲロは算術が得意で、将来文官になるなら剣術が必須でないことは理解している。けれど誰かを守る手段を身につけていれば重宝される。将来、選択出来る道も広がる。ミゲロはまだ幼い。今から習わせれば応募年齢になる頃にはきっと文武両道を極めていることだろう」

「確かにミゲロのためを思えば道は多い方がいいのでしょうが、剣術となりますと私には伝手がないですね」

「退役した騎士の中に講師になってくれそうな者が何人かいる。手紙を出せばきっといい返事がもらえる」

カウロの『伝手』とは王子としての立場を利用してのものだ。現役を退いているとはいえ、王子である彼が声をかければ王都へと足を運ぶ者も多い。そこまでするということはつまり、カウロもミゲロを囲み込みたいのだろう。ミゲロは優秀だ。マナー講座には少し手間取っているようだが、それは学校の子ども達と比べてのこと。覚えは悪くない彼なら、数ヶ月もあればきっとマスターしてみせる。もっと早く次の段階に移りたければ、彼だけの個人レッスンを受けさせればいい。

イリス同様、学校の子ども達には個人に合った教育を施す課程に突入している。まだ二、三回ではあるものの、今度回数を増やしていく予定だ。ランカの描く教育カリキュラムの詳細は知らずとも、何度も足を運んでいれば大抵どのルートを描いているか予想が出来たに違いない。だからこそ、今のタイミングで話を持ちかけた。

カウロが子ども達の中でも、特にミゲロを気に入っていることは知っている。この申し出だってランカが邪推するような内容でないのだろう。けれどどうしても断罪エンドに続くための伏線にしか思えなかった。ミゲロの未来を考えれば、ランカが勝手に断ることは出来ない。彼はカウロからの申し出と知れば、喜んで鍛錬を受けることだろう。ピンと張られた糸に、首が締めつけられそうな恐怖を覚えるのはランカただ一人。

「本人の意見が一番重要ですから、今度学校を訪問したタイミングでミゲロに聞いてみます」

「ああ」

カウロは嬉しそうにカップに口を付ける。その後も彼は子ども達の話をしては楽しげに笑った。これから起こることを楽しみにしている子どものよう。それだけあの子達を大切に思ってくれているのだろう。深読みした自分が恥ずかしくて、ランカも同じくカップを口に運んだ。

「ところでランカ、最近何か困ったことはないか？」

「困ったことですか？　いいえ、楽しいことばかりですわ。投資先の方々は皆意欲的で、私の知らないことも沢山《たくさん》教えてくださいます。子ども達もいい子ばかりで、私も一緒になって楽しんでいるほどで」

「知らないことを教えてくれる、か。学園に対する不安はないのか？　今までと生活リズムが大幅に変わるだろう」

カウロにとっては深い意味はないであろう問いに、ランカは言葉に詰まってしまった。だがゲームだのヒロインだの、彼に伝えられるはずもない。だから精一杯の笑みを作って「楽しみですわ」と短く答えて見せる。頬が引き攣っていないか心配だったが、カウロには気づかれなかったようだ。ホールの入り口で配られたシラバスを使用人から受け取り、開いて見せてくれる。

「ランカはどの授業に興味があるんだ？」

「私は魔法道具学が気になっていますわ。カウロ王子はどの授業にご興味が？」

「私は魔法の授業だな。幼少期から魔力制御や簡単な魔法は習っていたが、学園では本格的な魔法が学べるしな」

「学園には沢山の魔法使いが集まっていると聞きますわ。いろんな魔法を使われる方がいるのでしょうね」

「ああ。手合わせするのが楽しみなんだ。上手く使いこなせれば魔法で動物や植物を模した物が出せるようになるらしい。だから、その時はランカに見て欲しい」

興奮したように顔をほのかに赤く染めるカウロはきっと長年、魔法について話す機会を欲していたのだろう。ランカでは「楽しみにしておりますわ」としか返すことは出来ない。どんなに学んだところでそれは紙で得た知識でしかないのだから。些細な違いが、これから大きく変わる歯車の一つとなるのだろう。そう思うと胸がズキリと痛んだ。カップを再び口に運べば、先ほど飲んだはずのハーブティーがなぜかとても苦く感じた。

「僕やりたい！」

「是非よろしくお願いいたします」

翌日、ミゲロと彼の両親から了承をもらい、彼の教育課程には新たに鍛錬が加わることとなった。

退役騎士はカウロから話を聞かされて数日と経たずに学校へと足を運んでくれた。久々の教育にやる気に満ちており、木箱いっぱいの模擬剣まで用意してくれた。ミゲロだけではなく、他の子ども達のこともいたく気に入ってくれたらしく、「他にいい子がいたら是非！」との言葉までもらった。見送りの際には、他にもいろいろと持ち込んで構わないかとの確認まで取られ、学校は騎士育成所の役割も担う未来が見えてきた。

ランカが学校に関われるのは残り三年ほどだが、その後も使ってもらえればいいとの期待を込めて騎士と話し合い、鍛錬道具を整備した。ランカは子ども達のために急いで手配を進めようとしたが、初めは剣の素振りからするそうで、道具をあまり必要としないらしい。彼と相談しつつ、的や防具を用意する。かつての投資先に依頼をすれば喜んで作ってくれた。

入学式からほどなくして、ランカは学園でアターシャの動向を探った。桃色の髪は非常に目立つ。学園に足を運べば彼女の姿を目にしない日はない。目で追わずとも視界に入り込めば一発で気づくほど。だがアターシャが目立つのは何も見た目だけではない。

「私の『癒やしの力』でカウロ王子やこの国の方々を救うことが出来ると思うんです！」

盗み聞きせずとも聞こえてくる熱烈なアピール。とてもじゃないが乙女ゲームヒロインの台詞とは思えない。自分の才能や特技を推していく方法は悪くはない。むしろ投資に力を入れているランカは、自分の魅力を全力で押し出せるというのは一つの才能だと考えている。だが恋愛に発展するかと聞かれると微妙である。

ゲームではアターシャが『癒やしの力』の存在を知ったのは学園入学から一月ほど前のことだった。以前から不思議な力として使用してはいたが、それが古くから様々な文献に載っている特殊な力だとは思っていなかった――と。ゲームどころか少女漫画でも割とよく見る設定だ。不思議な力を持っているからと急に王立学園に通うこととなったアターシャは、貴族のご令嬢やご子息ばかりの学園生活に戸惑っていたはず。自分よりもずっと身分の高い人ばかりの慣れない環境で、悩みを打ち明けられる人物なんていやしない。ましてやその悩みの種が特別な力だなんて……というアターシャの孤独さが攻略者達の暗い部分と重なり、二人で支え合いながら闇を溶かしていくストーリー。

だが実際はマカロンのようなゆるふわな見た目で繰り広げるのはセールスマンさながらのアピール。

ロマンチックな雰囲気などまるでない。休憩時間に廊下の端で何やらボソボソと呟いていることもしばしば。ゲームにはなかった怪しさを孕《はら》む彼女だが、安心することは出来なかった。

「またやってるわ」

「目をつけられるなんて。カウロ王子、お可哀想に……」

平民出身である彼女は虐《いじ》められるどころか、身分とは関係のないところで壁を築いている。それも木や土など軽く吹き飛ばせるようなものではない。オオカミだって頭を抱えてしまうほどのレンガ製の、重く丈夫な壁だ。これが彼女の計画ならば、自衛の一種と流すところだがおそらく無自覚。猪突《ちょとつ》猛進《もうしん》型の彼女が突き進んだ結果なのだろう。だがいくらカウロに絡んでも遠巻きに見られるだけで済んでいるのは、アターシャの能力が口だけではないから。

「こんなに大きな魔水晶を生成するとは……」

魔法の授業では存分に才能を発揮する。魔法には自信のある者ですら嫉妬する隙間もないほど、彼女は遥《はる》か高みに立っていた。癒やしの力がなくとも、彼女は宮廷お抱えの魔法使いの仲間入りを果たせるに違いない。初回授業で講師がぽつりとこぼしたことで、ランカのような魔法授業を取っていない生徒達にも彼女の噂が広まった。

「私だけの力ではありません。これはカウロ王子と私の魔力的相性が良かったからこそ出来たもの！将来のパートナーとして、アターシャ＝ベンリルはいかがでしょうか！」

同時に変人としての噂も加速させていく。隙あらば猛アタックを繰り返し、一部ではランカを差し置いて……と眉をひそめる生徒もいた。けれどアターシャのアピールによって、ランカはヒロイン・アターシャ＝ベンリルもまた、自分と同じく記憶持ちの転生者であることに気づくことが出来た。思い返せば彼女の行動はどこか違和感を覚えるものばかりだった。だが気づいてしまえばそれも当然のことだと言える。なにせアターシャは『乙女ゲーム』の記憶に基づいて行動しているのだから。

そして彼女は今、前世の記憶を頼りにカウロを攻略している。おそらく悪役令嬢の存在も知っている。度々カウロの婚約者であるランカに視線を投げては「なんで何もしてこないの？」と呟いていた。疑問を抱きながらも、アタックの手を止めることはない。だが障害となり得る悪役令嬢、ランカを貶《おとし》めてくるようなことはなかった。それが余計に恐ろしかった。

カウロへの思いを知られたら今度こそ敵と認定されてしまいそうだ。画面越しでは伝わらなかった、魔法という名の選ばれし者のみが行使できる脅威的な力を前にすれば、こんな思いはたちどころに壊されてしまうだろう。声にならない悲鳴を上げながら、ランカはぎゅっと胸元を押さえて皺を作る。けれど二人を見守る以外、何も出来なかった。

「大変ですわ、王子！　指先にお怪我《けが》が！　見せてください！」

「いや、いい」

「十秒あればたちどころに治してみせますので！　数えてもらってもかまいませんよ」

「そんな貴重な力、わざわざこんな小さな怪我に使うようなものではない」

「油断は禁物です。どこから細菌が入るかわかりませんからね！　さぁ、手を出してください」

店頭販売のような言葉を並べつつ、さぁさぁと圧をかける。彼女を前にして、カウロも逃げることは出来ないと察したのだろう。おずおずと手を出せば、アターシャはその手を包み込んだ。柔らかな光に包まれること十秒――宣言通り、綺麗《きれい》に傷を治してしまった。

「感謝する」

「王子のお役に立てて光栄ですわ。それと……ついでなので、そこのあなた。ここに足乗せてちょうだい。すぐ治すから」

「あ、ああ……」

「では私はこれで失礼する」

「ええ。また午後の授業で！」

アターシャは着実にカウロイベントをこなしていっている。乙女ゲームとは違う展開になることも多々あるが、イベントが発生する科目は全て受講しており、接点を見つけてはアタックをしている。イベントが発生しそうな授業ではわざわざ小道具まで用意する周到ぶりだ。

以前見かけた際に手にしていたのは手縫いの雑巾。彼女が挑もうとしていたのは、魔法の制御を誤ってしまった生徒が教室中に水をまき散らしてしまうところからスタートするイベントだった。教室には水厳禁の魔法道具もいくつか置かれており、そのことにいち早く気づいたアターシャが魔法道具を遠ざけながらハンカチで水気を拭《ぬぐ》う。その姿を目にしたカウロはアターシャの気遣いに惹《ひ》かれていくというもの。

本来ならば床を濡《ぬ》らした生徒が借りてきたモップを手に床を拭《ふ》くアターシャを、王子であるカウロが手伝うという形で距離が近づいていくはずなのだが、なぜか生徒全員で床を拭いていたらしい。全員に行きわたるだけの雑巾を用意していたとは、一体何がしたかったのか。

少しずれているせいか、一向にカウロの好感度が上がっている様子はない。それどころかカウロは「なぜあんなに雑巾を持っていたのだろう？　平民の間では常識なのか？」とアターシャ手縫いの雑巾を手に、ランカに尋ねてきたほどだ。アターシャから初めてもらう物が雑巾ってどうなんだろう。恋心を伝えるような物を贈られるのも困るが、それにしても雑巾とは……。丁寧に縫われたそれを目にしたランカはなんとも言えない複雑な気分になった。

もちろんカウロには、平民の間でもそんな文化はないこと、そして彼女がただ用意周到な人物であることを伝えた。敵に塩を送るような行為ではあるが、それ以外説明のしようがない。まさか未来を知っているなんて馬鹿げたことを話せるはずもないのだから。

それでもアターシャのアピールが空回りしてくれているから、まだ心に余裕があった。けれどアターシャはアピールを止めなかった。

しかし初めはカウロの好感度を上げるためかとも思った彼女の行動だが、単純にそれだけという訳ではないらしい。アターシャは怪我人を見ると放っておけない質《たち》のようだ。移動教室の途中でも怪我人を見つけては腕を引いて力を使っていった。

その甲斐《かい》あってアターシャは『カウロ王子にアプローチをかける平民』の他に『癒やしの変人』と

しても名を馳せていった。へこたれないガッツと善行の数々には賞賛の言葉と拍手を送りたいほど。徐々に彼女への警戒心も薄れつつある。けれどランカは知っていた。悪役令嬢の断罪を通過しなければ、アターシャとカウロ王子が結ばれることがないことを。今はランカと接触を図ろうとはしないアターシャだが、いずれ悪役令嬢へと手を伸ばし始めるはずだ。それこそがアターシャが幸せになる方法だから。

ランカはアターシャを羨むことはあっても、アターシャに転生した彼女を恨むことは決してない。その目標に真っ直ぐと突き進む姿勢と癒やしの力を、王子妃になった後も存分に発揮して欲しいと願うだけだ。アターシャがカウロ王子攻略に向けて動き出しているのならば、断罪エンドに備えないと！

「よし、頑張ろう」

路頭に迷わないように。

ランカは来《きた》るべきエンディングを見据え、両手を握ってやる気を出す。久しぶりに休みを取ろうと放課後はまるまる予定を空けていたランカだったが、のんびりとはしていられない。授業終了後、そのまま馬車で投資先の開拓へと向かった。

「時間があればお茶しないか？」

カウロから誘われたのは一昨日の放課後でのこと。そして今まさに手土産を携えて城に向かう途中なのだ。ぼんやりと窓の外を眺めれば、見慣れた桃色の髪が視界の端に映り込んだ。

「またあんなところに……」

想像以上に世話焼きなアターシャをランカは度々目にする。カウロ王子の居るところに、というよりもどこにでもいる印象だ。馬車から彼女の姿を見つけるのもこれが初めてのことではない。今も町中で倒れていた人に癒やしの力を使っている。彼女のアピールポイントでもある早さですぐに傷を癒やし、お礼にもらった紙袋いっぱいのバゲットを胸の前で抱えながらるんるんと楽しそうに歩きだした。ランカの馬車が停まっているわずかな時間で、だ。

アターシャが目立つ容姿をしているというのもあるが、驚くほどにフットワークが軽いのだ。いつも目が輝いていて、まぶしく思えるほど。少し進んだ先で町の人達に声をかけられ、先ほどもらったバゲットのお裾分けをした。悪役令嬢とヒロインという関係がなくとも、彼女の頑張りは不思議と目で追ってしまうところがある。おそらくそれはランカだけではなく、誰の目から見てもそうなのだろう。

今度はお礼にりんごをもらったようだ。パッと花開くような笑顔で話す姿に思わず笑みがこぼれる。だが楽しんでもいられない。ランカの目から見ても魅力的なヒロインは、王子様の心も射止めたに違いない。歯車が正常に回りだしたことに胸を痛める。それでもランカは婚約者として、そして悪役令嬢として向き合わねばならない。

「ランカ様、ただいま戻りました」

「ありがとう」

買い物を済ませた使用人からお城へ持っていく手土産を受け取り、カーテンを閉めた。馬車に揺られながら、何を言われてもいいようにと心の準備をしていたランカだが、カウロの部屋に通されて目を丸くした。

「気分転換もかねて、二人で別荘へ遊びに行かないか？　来月、三週目の週末なんてどうだろうか？」

お茶を飲んですぐに言い出した言葉がそれとは、少し拍子抜けしてしまう。来月には長期休暇に入る。婚約者を遠出に誘うタイミングとしておかしくはない。けれどまさか誘ってもらえるとは思わなかった。驚きつつも、小さな蕾《つぼみ》が花開いた時のような嬉しさが胸の中で咲いた。けれどランカはちょうどその日には予定が入っている。いや、入れたというべきか。彼の手を取って別荘へ向かうことは出来ないのだ。

「せっかくのお誘いですが、その日はちょうどアウソラード王国から油田を見に来ないかとお誘いを受けておりまして……」

ランカは一瞬でも嬉しいと思ってしまった自分から目を背けるように視線を逸らす。他の日を、と踏み込まれたとしてもランカはすでにここぞとばかりに予定を詰めていた。

確実な日までは絞り込めなかったが、おそらくこの日。この日こそがランカに贈られた花冠がアターシャのものになる日。

初めての長期休暇では、攻略対象者達との外部イベントが発生する。カウロルートでのイベント発生場所は、よりによって彼との思い出の花畑だった。王家の別荘からほど近い、あの花畑。コスモスの花はランカとの思い出ではなく、アターシャとの思い出になる。

初めからわかっていたはずなのに、ランカは思い出に傷がつくのを恐れた。乙女ゲームの記憶なんてなければ、またあの場所を訪れることが出来ると胸躍《おど》らせていたことだろう。だが何も知らなかった頃には戻れない。ランカの中だけでも、あのコスモスの花畑は二人の場所にしておきたかった。

子どもの頃とは違い、上手く作れるようになった花冠が乗せられるのは桃色の髪。想像しただけでも涙がこぼれてしまいそうだったのに、諦めきれずにわざわざ予定まで空けていた。だがアサドのおかげで腹を括《くく》ることが出来た。彼から誘いの手紙が送られてきた時、心底ホッとした。まさかイベント発生日と思わしき日をピンポイントで誘われるとは予想もしていなかったが、他の日に動かす余裕もないくらい予定を詰めて良かった。

きっとアターシャは現れる。カウロの誘いに乗って別荘に向かったとして、彼女と顔を合わせたらどんなに惨めだろうか。何かの不具合でイベント発生が上手くいかないかもしれない。そんなことになったら本当に『悪役』として活躍してしまう気がして、ランカは逃げる道を選んだ。吐き気によく似た何かが腹の奥からこみ上げる。カウロから視線を逸《そ》らし、どうあがいても逃げられないのかと自分を嘲笑《あざわら》う。

「なぁ、ランカ。不躾《ぶしつけ》な質問だと思うのだが、一つ聞いてもいいか？」

そう問いかけるカウロの顔色はやや曇っている。不躾な質問なんて、一体どんなことを聞かれるのだろうか。心臓がドクドクと脈打ち、必死で思考を巡らせる。別荘で話せないようなことをここで話してしまおうという魂胆か。質問からスタートし、攻めに転じるという方法はよくある。ランカの経験上、この方法は初めから切り込まれない分、傷が深くなる可能性が高い。むしろ明らかにミスや情報開示不足だと思われる場所を見つけ、容赦なく攻め込まれる。精神を強く持たねば一気に倒されてしまう。この動揺が伝わりませんようにと強く願いながら、カウロに会話のボールを返す。

「なんでしょう？」

「その……アウソラードの王子とは一体どんな仲なんだ？」

まさかの質問に、素《す》っ頓狂《とんきょう》な声がでかかった。このタイミングでアサドのことを聞かれるなんて想像もしていなかったのだ。

油田を見に行くと言ったから？

だがアサドとの交流は本当に今さらだ。夜会で出会ってからすでに二年半ほどが経過している。カウロとの付き合いに比べれば短い期間ではあるものの、途切れることなく手紙を送り、度々足を運んでいることは彼も知っているはずだ。今さら突っ込まれて痛い腹はない。この問いにどんな意味があるのだろうか。ランカは首を傾げながらも正直に答えることにした。

「アサド王子との関係ですか？　そうですね……友人兼ビジネスパートナーといったところでしょう

か？」

「それ以上ではないんだな⁉」

「ええ。彼には相思相愛の婚約者がいますので」

「そうか」

胸を撫で下ろし頬を緩めるカウロは、ランカの答えに安心してくれたらしい。彼が背負っていた影の正体は何だったのか。別荘で婚約解消を言い出すのかと思っていたが、ならば今の彼の表情はおかしい。断られたら困るか、ここで話を切り出すかのどちらかの反応を取るはずだ。カウロの性格上、わざわざ引き延ばすとは思えない。この場はちょうど二人きり。気になるようならばドアの前で待機させている使用人も外させれば済む。

嫉妬してくれたのだろうか。

学生になったことで生活のリズムはすっかりと変わった。さらにランカは意図的に彼と距離を開け始めた。そこにアサドを筆頭としたアウソラード王国との交流がプラスされたことは本当に偶然である。けれどアサドはカウロにとって異国の王子。何度か顔を合わせることはあれどよく知らない存在だ。そんな相手と自分の婚約者が仲良くしていることに何かしら思うことがあるのかもしれない。それが恋愛感情だったら嬉しいが、そんな都合の良い話はないだろう。彼の気持ちがわからない。どんなにランカが考えたところで、きっとカウロはこの休み期間中にアターシャとの距離を縮める。そう決まっているのだ。彼を思い、期待したところでランカに勝機などないのだ。

カウロと一緒にいると変な期待をしてしまいそうで、ランカはカップに入ったお茶を飲み終えると明日早いからと嘘《うそ》を吐いて早めに切り上げることにした。

ランカは叶うはずもない恋に胸を痛め、少しの間でも気を逸らそうと投資や勉強にますます力を入れた。けれどふとした瞬間、頭に浮かぶのはカウロとアターシャのこと。あの花畑が脳裏に浮かぶ度、ランカはブンブンと頭を振った。寝付けない日々が続き、ベッドの中で異国物語を捲《めく》りながら朝を迎えることもあった。いっそ永遠にイベントの日なんて来なければいいのに。そんなランカの想いも空《むな》しく、ついにイベント発生日と油田見学の日がやってきてしまった。

滞在期間は二日。

断罪後に移住する可能性があることを考えると、温度や湿度など、昼以外の環境も確認しておきたいところだ。膝の上で広げたノートにはアウソラード王国に関する情報がずらりと並んでいる。今日に備えてランカ自ら集めた情報だ。取り寄せた本は実に十冊にも及んだ。これらの情報を踏まえた上で、検討していく予定だ。

「これから先、地価が大幅に高騰しそうなところがネックよね。でも今から別荘を購入したら取り上げられちゃうし……。困りものだわ」

そもそも断罪後までに家が建てられそうな場所が残っているだろうか。今後の発展によっては移住計画に支障を来《きた》すかもしれない。もう一国くらい縁を築くべき？　動くとすれば、アウソラード王国の外交がある程度落ち着いた後になるが。

検討すべきことはまだまだ山積み。手の届くことのない恋など早めに切り捨てて進まねば痛い目を見る。開いたノートに何度もペン先を落とす。同じ場所に着地したペン先は白い紙に小さな痕を残していく。じっとりとにじんだインクはランカの迷いを表しているようだった。


「よく来たな」

「いらっしゃい、ランカ！」

アサドを筆頭にフィリアやアウソラード国王、お妃様達はランカの訪問を歓迎してくれた。歓迎のハーブティーで喉を潤していると、アサドは目を爛々《らんらん》と輝かせながらランカの手を取った。

「早速だが油田を見に行こう。早くランカに見て欲しいんだ」

「アサド王子、ずっとランカ様がいらっしゃる日を楽しみにしていて」

早くと急《せ》かすアサドと共に馬車に乗り込み、油田へと向かった。発見された油田は実にアウソラード王国の砂漠面積の半分以上を占めている。採掘場も八カ所ほど設置してあるらしい。今からランカ達が向かう場所はその中でも一番王城に近い場所で、馬車を走らせて四半刻ほどの場所にある。

城を出発してからしばらくは石油に想いを馳せていたランカだが、カーテンの隙間から差し込む日差しに少しだけ気分が下がっていく。カウロもそろそろ別荘に到着した頃だろうか。もう少し経てば、イベントが発生してしまうことだろう。心配したってどうしようもないのに、頭の端っこでどうしてもカウロとアターシャのことを考えてしまう。

「ランカ、どうかしたか？」

「いえ、その……油田を見るのは初めてなので緊張してしまって」

「ランカも緊張するんだな」

「緊張くらいしますわ」

「そうか？　ランカはいつだって自信に溢れていて、真っ直ぐに突き進んでいるイメージが強いんだが……」

はて、と首を傾げるアサドだったが、隣に座るフィリアが「そろそろ着きますわよ」と裾を引っ張るとすぐに思考は油田へと移る。

「きっと驚くぞ」

馬車が止まるとアサドはランカの顔を見てにんまりと笑った。そして彼の手に支えられながら馬車を降りたランカは目の前に広がる光景に目を奪われた。

「これが採掘場……」

ぽっかりと空いた穴の周りは石で囲まれ、そこにバケツを落とす。原油のある油層まで落とし、滑車を利用しながら引き上げる。じいっと見ていれば、油田発掘に関わった者の一人が丁寧に説明してくれる。井戸のようだと感じた設備は油井《ゆせい》と呼ぶらしい。くみ上げられた原油は土や砂、泥などが含まれている。それらの不純物を濾過《ろか》するために粗い布をフィルター代わりにした、大きめのバケツに流し込んでいく。バケツいっぱいに溜《た》まったら今度は機械がある小屋へと運んで製油するらしい。売りものとするには分留や分解などの作業が必要なのだという。

「ランカ様もくみ上げてみますか？」

「いいの？」

「アサド様とフィリア様も体験なさりましたので」

油井を覗《のぞ》き込んだランカに作業員はにっこりと微笑んだ。振り向けば名前を挙げられた二人もニコニコと笑みを浮かべている。ランカは「よろしくお願いします」と頭を下げてロープに手をかけた。作業員に手伝ってもらいながらではあるが、これが意外と重労働だ。

前世で使用した経験のある井戸といえば押しポンプ式。子どもの頃、実家の近くにあった井戸水で朝顔の水やりをしたものだ。けれどくみ取り式はまるで初めて。思いの外深い場所までバケツを降ろし、数キロはある原油が入ったバケツを降ろした距離分引き上げるのだ。手袋をはめてなければ、ロープで擦《こす》れてすぐに手が赤くなってしまうことだろう。周りの人達は慣れているのか、平然と引き上げていく。ランカが見つめていたのは興味以外の何物でもなかったが、こうして体験してみることが出来て良かったと思う。

断罪後、路頭に迷った後で肉体労働をしないとも限らない。それに他の投資先では職人達の作業を

体験することはない。原油のくみ取りだけでも十分貴重な体験だが、貴族であるうちに親切に教えてもらう機会などそうそうない。大変だと、まだ上がってこないのかと思うからこそ、彼らの仕事のありがたみが分かる。

上がってきた頃には額にはびっしりと汗が溜まっていた。ハンカチで汗を拭おうとして、ふとコスモスの刺繍《ししゅう》が目に入った。用意はメイドに任せていたが、よりによって今日のハンカチがコスモスとはツイていない。だが今まで確認しなかったランカもランカだ。刺繍まで気にする余裕などなかった。そんな自分に嫌気が差す。こうして見学をしている最中も刻一刻と断罪へのカウントダウンは続いている。爽やかな風が吹くコスモスの花畑で二人で形の残る思い出を作っていることだろう。ランカはそこにいることは出来ないから、代わりに知識と信頼を築くしかないのだ。

これから油井から少し離れた場所に建てられた小屋で製油の工程を説明してくれるらしい。このままじゃダメだと自分を鼓舞し、バケツの一つを手に持った。

「昼食はアウソラード料理を沢山用意したんだ」

油田見学後、馬車を走らせ城へと戻る。時刻は正午をやや過ぎた頃。通されたホールには今までランカと関わってきたお茶農家や、油田発掘に関わった者達が数十人ほど待機していた。王族同様にランカを温かく歓迎してくれる。

テーブルにはファラフェルやピタパン、なすカレーなどの郷土料理やアウソラードでは貴重な鮮度の高い果実が並んでいる。またハーブティーが入っていると思われるティーポットはザッと見ただけでも十は越える。どれもランカのために用意されたものだ。長いテーブルのちょうど真ん中、国王の隣の椅子を引かれ、腰を下ろす。並べられた料理を取り分けてもらい、食事にあったハーブティーが注がれる。

「ファラフェルは私の好物なんだ」

アサドが爛々と目を輝かせれば、ランカの皿にはもう一つファラフェルが追加される。ファラフェルは、ひよこ豆を素揚げにしたコロッケだ。日本で一般的だったじゃがいものコロッケとは異なり、衣を使っていない。中身はホクホクとしており、ややヘルシーなのが特徴だ。ひよこ豆を含む豆類は長期保存に適しており、値段も安価なため、アウソラード王国の家庭にはよく上がるそうだ。

なすカレーの他にも数種類の豆がふんだんに使われたカレーも用意されている。水分はやや少なめに抑えたドライカレーも美味《おい》しそうだ。そちらに視線を向けると隣からズイッと皿が差し出される。

「こちらもおすすめですよ」

「ありがとうございます」

まさかアウソラード国王に食事をよそってもらうとは……。恐れ多くも受け取り、カレーと一緒に乗せられていたピタパンと共に食す。

普段ならアウソラード料理として売り出せないかと考えるところだが、不思議とそんな気持ちは起きなかった。今頃、カウロも食事をしている頃だろうか。アターシャと一緒に食事しちゃったりするのか。確かアターシャは家事全般が得意だったはず。転生者である彼女もそうだとは限らない。だがイベントのために大量の雑巾を用意してくるアターシャならランチバッグ持参でやってきそうなものだ。

「ランカ様。こちら新しく考案したミックスハーブになります。氷を入れ、冷やした状態で飲む用に配合してみました。是非試飲していただきたく」

「いただくわ」

女性から差し出されたカップを受け取る。お茶だけではなく、カップもしっかりと冷やされている。前世のようにプラスチックボトルはないが、これならガラス瓶に入れて持ち歩くことが出来そうだ。ピクニックに持って行くにもぴったりだと考えながら、脳裏にはコスモスの花畑が浮かぶ。隣にはカウロの姿もある。

誘いを断ったのは自分だが、本当はランカだってもう一度あの場所に足を踏み入れたかったのだ。しかしランカがいるのは花畑からずっと離れたアウソラード。深く息を吸っても花の甘い香りではなく、ハーブのスッと鼻を抜ける爽快感が肺へと流れ込む。これがランカが選んだ道なのだ。ゆらゆらと揺れる水面はランカの顔を歪《ゆが》めていた。

「いかがでしょうか？」

女性は胸の前で祈るように手を組み、恐る恐るランカの意見を待つ。彼女の声で、ハッとした。

「美味しいわ」

その言葉に偽りはない。だがそこから先、普段のように売り出すプランを提示するところまで頭が回りそうもない。

「本当ですか!?」

「早速このブレンドのサンプルを、商人達にお送りしましょう」

彼女達には悪いが、先送りにさせてもらうことにした。逃げるようにスプーンを手に取り、食事を再開する。そんなランカを不思議に思ったのか、視界の端に映るアサドは眉間に皺を寄せていた。けれど言及されることはなく、皿に食事を盛り付けては無言でランカの前に置いた。


「ふぅ……ちょっと食べすぎちゃった」

二刻ほど続いた食事会も終わり、客間のソファへと腰を下ろす。向かいにはアサドとフィリアが並び、机の上には当然のようにハーブティーの入ったポットが置かれている。普段なら使用人に注いでもらうところだが、アサドが三人でゆったりしたいからと断ったのだ。気心の知れた二人しかいないとあって、少しだけランカの気持ちも緩む。自分でポットのお茶をカップに注いでいると、リラックスムードのアサドが話を切り出した。

「そういえばランカ。学園生活の方はどうなんだ？」

「様々な爵位の生徒が在籍していて、少数ではありますが平民の生徒とも関わる機会がありますわ。それに魔法の関わる授業も一部ながら参加することが出来まして、私は特に魔法道具学の授業を楽しみにしています」

「魔法道具学⁉　それはどんな授業なんだ？」

どうやら学園に興味があるらしい。アウソラード王国にはまだ学園がないからだろう。二人は目を輝かせながら、特に『魔法』という言葉に強く食いついた。この国には魔法使いが二人しかいない。その二人も親子らしく、揃《そろ》って魔力は強くないようだ。魔法は使えるが、他人が使えるような魔法道具の生産は出来ない。そもそも魔法道具の生産自体が特殊技術を要するため、それも仕方のないことかもしれない。先ほど見せてもらった製油機は二人にとって初めて目にした魔法道具だったらしい。元より他国との交流は少なく、生産を行っている国ですら高級品として扱われることの多い魔法道具に手を出す機会がなかったのだろう。

本当ならここで学園で習った魔法でも披露したいところだが、残念なことにランカは魔法が使えない。乙女ゲーム知識を取り戻した際、仕方のないことだと早々に割り切っていた。魔法道具学の授業を受講したのは、断罪イベントに備えてではなく投資活動の一環だ。魔法道具が多く流通しているシュトランドラー王国から他国に売り出せるものはないかと考えてのことだった。けれど期待の眼差しを向けてくれる彼らを前にすると、才能がないことを歯がゆく思う。せめて魔法使いに伝手でもあれば良かったのだが、あいにくここまでの投資の中で出会うことはなかった。その代わり、魔法道具を取り扱っている商人ならば知っている。

「魔法道具でよければ今度いくつか見繕ってきますね」

「本当か⁉」

「ええ。何か楽しんでもらえそうなものを用意しますね」

二人は子どものようにキラキラと目を輝かせる。商人に話を聞きながら、華やかな見た目のものをいくつか持ってこようと脳内メモに書き込む。きっと国王様達も喜んでくれる。使用する際には一声かけた方がよさそうだ。はしゃぐ姿を想像しながら、頬を緩ませていると話は長期休暇中の予定へと変わる。

「ところでランカはこの後、どう過ごす予定なんだ？」

「投資先の様子を見て回ろうと思います。後は商人と話して需要を確かめたり、異国物語の買い付けも行って……。社交界の方にも顔を出す予定です」

「忙しいのねぇ」

「ええ。でもやりがいはあります」

「カウロ王子と過ごす時間は取れているのか？」

「え？」

「さっきのランカ、少し様子がおかしかっただろう。何かあるのかと思って」

「っ、それは……」

「普段のランカなら飲料にいれる氷をどこから入手するのかを突っ込まないはずがない」

その言葉にハッとした。スルーしてしまったが、この世界には飲料にいれることが出来る高純度の氷の作成は未だ難しい。魔法を使えば生成可能だが、値段が跳ね上がる。提供価格を下げるためには不純物が混じっている、比較的安価な氷を使って容器を外側から冷やす方法が一番か――とここまで考えて、本来ならばあの場でそう切り返すべきだったかと頭を抱える。

「……なぜカウロ王子絡みだと思ったんですか？」

「初めは体調が悪いのかと思ったんだが、食事はしっかり食べていた。けれど心ここにあらずといった様子で、俺がフィリアと喧嘩《けんか》をした時によく似ていた」

「喧嘩はしていませんよ！」

「喧嘩は、なぁ」

アサドはふうっと息を吐き出して、ランカの顔をじっと見つめた。まるで全てを見透かされているようだ。このままでは馴染みの深い色の瞳に飲み込まれて泣き言を吐いてしまいそうで、ランカは必死に言葉を探した。けれどその動揺こそが何よりの答えだったのだろう。

「何があった？」

「本当に何もないんです。ただ、距離を測りかねているだけで」

「距離？」

「私はもう何年も投資にかまけてばかりだったので」

逃げ道を切り開くための投資だ。ランカは自分の数年間を後悔はしていない。間違ったことは何一つしていない。ただ自ら望んで作った溝の大きさと、転生した時点で手が届かないと確定している相手に恋をしてしまったことに絶望はしている。悩んだって無駄なことに何度も傷ついてしまうのだから。ランカが視線を逸らせば、アサドは首を傾げた。

「だがそれはもう何年も前からだろう？　カウロ王子はきっと俺達以上にランカのことをわかっているはずだ。何を今さら悩むことがある」

「それは……」

言いよどむランカをアサドは不思議そうに見つめる。けれどこれ以上は話すことが出来ない。どうしたものかと道を探っていると、フィリアが変な空気を断ち切るかのようにパチンと音を立てて両手を合わせた。

「ランカ様、もしよければ少し特別なお手紙を出してみてはどうでしょう」

「特別な手紙？」

「はい。内容はいつも通りでいいのです。でもいつもは封筒に入っているものが箱に入っていたり、それに相手をイメージしたリボンを付けてみたり、ちょっとの特別があるだけでも贈られる方は楽しいものですよ」

「そういえば俺もフィリアに贈ったことがあったな。あの時は便せんが封筒に入りきらなくて、困っている時にちょうどいい大きさの箱と可愛いリボンを見つけたんだ」

「普通はそんなに大量の手紙を一気に送ろうとはしないものですよ。でも、嬉しかった」

「フィリア……」

「だから私も庭に咲いた花をこれでもかと詰めて返しました」

「ああ、あれは綺麗だったな！　花の上に載ったメッセージカードに一言だけ『私もです』なんて。すぐに会いたくなって馬車を走らせたものだ」

「夜中に何かと思いましたわ」

「でも喜んでいただろう？」

「そりゃあ何時であろうとアサド王子に会えたら嬉しいですもの。だからランカ様もそんなに考え込むことはないと思いますわ」

　大量の手紙はすぐに真似出来そうもないが、花を詰めたメッセージボックスなら真似出来そうだ。投資先で見つけた花を詰めて、日頃の感謝を綴ったカードを入れる。帰ったら試してみようか。入れる花のことを考えていると、ランカが前向きになったことにアサドは気を良くしてさらなる提案をしてくれる。

「栞《しおり》とかもいいよな。目にする度にランカのことを思い出す」

「思い、出す……」

　その言葉にランカの思考が止まった。前向きな考えを吹き飛ばすかのように、刺繍のハンカチとアターシャの顔が頭に浮かんだ。本当にこれでいいのだろうか。ここで彼との距離を詰めてしまえば、ヒロインである彼女の邪魔をすることになってしまうのではないか。今まで頑張ってきたものが全て音を立てて崩れ去ってしまうのではないか。恐怖感が背中にへばりつく。

「ランカ？」

「あ、すみません」

アサドの心配するような声にしまったと後悔する。二人は協力してくれようとしているのに、固まってしまっては失礼だろう。だが一度、完全に悪役に堕ちる想像をしてしまったからか、頭からはアターシャの顔が離れない。今この瞬間だって、きっと二人はあの場所で仲を大きく進展させてくれたことだろう。それが正しいシナリオだから。

赤と白のコスモスの花冠は初めからアターシャに贈られるものなのだ。ランカの頭に乗せられたのは、いつか来る日のために作られた練習品。それでも似合っていると微笑んでくれた幼きカウロの言葉にはきっと偽りはなかったはず。ただ時間の経過と運命によって告げる相手が変わっただけのこと。幼少期の思い出と希望に浸っても、彼の手を取ることは出来ないのだ。分かっていたことなのに、今さらながら汚い感情が胸を占める。手をぎゅっと握りながら手のひらに爪を立てる。俯くランカにアサドは腕を組んで考え込んだ。

「これは俺たちが挨拶に行った方がいいかもな」

「いいですね！　私、一度カウロ王子に会ってみたいと思っていましたの。それにランカ様のご両親にもご挨拶に伺いたいですわ」

「父上も挨拶したいって言っていたな。結婚式の際にはプラッシャー家全員を招待しなければ。もちろんカウロ王子もな！　カウロ王子とは結婚式の前に一度会っておきたいが、手土産は何がいいか」

「アサド王子、こんな時こそハーブティーですわ！」

「グラスと一緒に贈るか！」

「名案ですわ！」

二人でポンポンと案を上げては、今後のためにカウロとの仲を深めようと計画している。会話だけ聞けばそう思うのだが、二人の黒い瞳はランカとカウロの仲を取り持ちたいと強く主張している。今まで知る機会がなかったが、目の前の二人は相当な世話焼き気質らしい。コロコロと表情を変えながら、シュトランドラー王国訪問を楽しみにしてくれている。二人の勢いに押されながら、ランカは「予定を聞いておきますね」と言葉を返す。そこから話はアウソラード王国の名産品に移ったが、ランカはカウロのことばかりを考えていた。次第に日は暮れていき、窓から吹く風は少しだけ冷たくなってきた。

「アウソラード城自慢の風呂でゆっくりするといい」

案内されたお風呂に浸《つ》かりながら、ランカは猛省していた。今日はカウロとアターシャのことを考えてばかりで、二人には心配をかけてしまった。はぁ……と長いため息を吐いて、天井を見上げる。アウソラード王家自慢のガラスは湯気で曇ることなく、綺麗な星空が広がっていた。

「二日間、お世話になりました」

「こちらこそ長い時間一緒に過ごせて楽しかったですわ」

国王陛下やお妃様達、そしてフィリアと握手を交わし、最後にアサド王子に手を伸ばす。けれど彼はランカの手をじっと見つめるだけで手を伸ばすことはない。

「アサド王子？」

「ランカ。私は、いやアウソラード王国の誰もが君に感謝している。もしもランカに何かあった際には協力を惜しまない」

「え？」

「だから、困った時はいつでも相談してくれ。俺が、俺達がきっとランカの力になってみせる！」

「アサド王子……」

乙女ゲームシナリオを知っているアターシャと協力関係を築くことが出来ない以上、常に一人で戦い続けなければならなかった。投資先を増やし、信頼を勝ち取ったところで安心は出来なかった。その言葉一つで、ランカの気持ちは軽くなる。彼らはランカがどれほど救われたか知るよしもない。

アウソラードの人々に見送られ、馬車の中でカウロへ思いを馳せる。直近でも夜会の開催は十日後。カウロとの予定を断ってしまったランカはその日まで彼と顔を合わせることはない。

婚約者なのだから。

別荘行きを断ってしまったから。

アサドからお土産を持たせてもらったから。

適当に何か理由をつけて会いに行けば良い。けれどそこまでの勇気は出ない。どう頑張ったところでアターシャに『勝つ』ことは出来ないと思ってしまうのだ。それでも彼への恋情が消えることはない。二人との会話で、カウロの婚約者だった令嬢として、記憶にだけでも残りたいという欲まで出てしまった。フィリアに教えてもらったような特別な手紙を出すことも、アサドのように箱いっぱいの手紙を書くことも叶わない。代わりに何度も普段通りの手紙を書こう。会えない時間を埋めるように、なんてことない日常を綴った手紙を。

屋敷に戻る頃には夜会用のドレスが届いているだろう。メイド達と相談して、その日は少しだけ髪型を変えてみよう。カウロの好みの髪型はわからない。けれどいつもと少しだけ違う姿も見て欲しいと思ってしまうのだ。

きっと彼は「綺麗だ」と言ってくれる。優しい彼はいつだってランカを褒めてくれるから。我ながら最悪の相手に恋をしてしまったものだ。叶わぬ恋と知りながら、カウロからもらえる言葉なら偽りの言葉でさえも喜んでしまえるのだから。


「投資家との婚約ですか？」

帰国後、二日の留守を取り戻すべく各地を飛び回ろうと計画していたランカの元に、国王陛下からの呼び出しがあった。なんでも重要な話があるとかで、ランカの父は詳しい内容を明かすことはなかった。ただ国王陛下から直接話を聞くようにとだけ告げた。ランカはすぐに予定を取り消し、陛下の元へと参上した。そして切り出された話題がこれだ。

「ランカがアウソラード王国の茶葉産業の開拓に続き油田発掘に携わり、その他にも様々な投資を成功させているという噂は今や大陸中に回っている。公爵令嬢としてだけではなく、投資家としても注目され、自国・他国ともに多くの貴族や投資家達がランカとの縁を望んでいる。カウロの婚約者である手前、今はまだ直接申し込む者はいない。だが私はランカが彼らと婚姻を結ぶのも悪くないと思っている」

陛下の言葉に目を見開いて、ようやく理解した。自分はゲーム内の駒にすぎないのだ――と。悪役を果たせないというなら、他の役目を担わせて退場させるだけ。その可能性は前世の記憶を取り戻した段階で想定していたはず。けれどまさか全体のシナリオの三分の一にも到達していないタイミングでキャストから外されるとは思っていなかった。

「ですが私はカウロ王子の婚約者で」

「ランカが他との縁を望むのであれば、カウロには他の女性を用意する」

「少し、考えさせていただけますでしょうか？」

「どちらにせよ結婚となれば、学園卒業まで時間がある。ゆっくり考えてくれ」

ランカに選択を委《ゆだ》ねてはいるが、実質の婚約解消宣言である。やはり運命には抗《あらが》えないのか。悔しさから唇を噛《か》みしめれば、じんわりと血の味が口内に広がった。

【三章　悪役令嬢と秘めた想い】

婚約者であるランカ＝プラッシャーは才女だ。血筋はもちろんのこと、公爵家の令嬢達の中でも王子の婚約者に真っ先に名前が挙がったほどに優秀であった。

「ランカ＝プラッシャーともうします。どうぞよろしくお願いいたします」

瞳と同じ色のドレスを指先でちょこんと摘《つ》まんで挨拶する姿はまさに淑女そのもの。深く吸い込まれるようなその瞳に、初めは恐ろしささえ覚えた。けれどそんなのはたった一瞬のこと。目を細めて笑い、赤らんだ顔を恥ずかしそうに覆う姿が可愛らしくて、すぐに恋に落ちた。少しずつ仲を深めるためにお茶に誘い、何度も共に出かけた。花畑に誘ってピクニックをしたこともある。

けれどランカはある日を境に変わってしまった。人が変わったというべきか、興味の対象がガラリと変わってしまったのだ。数年かけて彼女との間に築いてきたものが、ガラガラと音を立てて崩れ去った。それでもカウロは諦めなかった。

「見てくれ！」

ランカの気を引こうと、綺麗《きれい》なアクセサリーを見せれば宝石自体やカット方法に食いつく。珍しい織物が手に入ったといえば、彼女はすでに本で得ていた知識を溢れんばかりに披露しながら目を輝かせた。

そんな彼女に劣等感を覚えそうになったことは幾度もあった。けれどランカはいつだって輝いた瞳を向けてカウロの名前を呼ぶのだ。ランカはカウロよりもずっと先の世界を見ているはずなのに、いつだって一緒に前へ歩もうとしてくれていた。彼女の新たな一面を知る度、カウロはランカという少女に惹《ひ》かれていった。だがそれは初めて彼女と会った時に感じたものではなく、尊敬だった。

だからランカが唐突に投資を始めた時も驚きはしたものの、彼女らしいとさえ思ったほど。自らの手で道を切り開くランカが自分の婚約者であることが何よりも誇らしかった。けれどランカが投資先を拡大するにつれて、一緒に過ごせる時間はグッと減ってしまった。

次第にほんの少しずつ距離が開いていくような気がして、離れた時間を少しでも取り戻そうとカウロは与えられた時間をよりランカのことを知る時間に使った。その中で、ランカが子ども達に勉強を教えているという学校の存在を知った。

「各地を回っている時に、得意なことのある子やしっかりと自分の夢を持った子達と出会いまして。彼らの特技を伸ばしたり、夢を叶《かな》える手伝いをするための学校を作ったんです」

まだ見ぬ子ども達がそこまでランカに評価されているのが羨ましく思えた。彼女が見つけた原石を一度でいいからこの目で確かめたくて、時間を作って足を運んだ。小屋という呼び名がピッタリな、塗装も施されていない小さな場所は王都の端にあった。城からは少し離れている。ランカには内緒で小屋のドアを開き、そしてカウロは無垢《むく》な子ども達と出会った。

「王子様!? 王子様だ！ 何でここに？」

「大変！ お茶用意しないと！ あ、どうやるんだっけ？」

「昨日、ランカ様に習ったでしょ！ まずはカップを温めるのよ」

「そうだった。カップ～」

カウロの顔を見るや否や、嵐が来たかのように慌て始める子ども達。考えなしにドタバタと目の前を行ったり来たりを繰り返す。やはり約束を取り付けてから来た方が良かっただろうか。出直しますと告げて身を翻《ひるがえ》せばいい。けれどその一言はなかなか喉の奥から上がってくることはない。焦った様子の彼らをカウロはパチパチと瞬きを繰り返しながら見守った。すると彼らの世話をしているのであろう年配の女性がゆっくりと奥からやってきた。そしてカウロの前で深くお辞儀をする。

「カウロ王子。騒々しくてすみません。すぐにお茶の用意をいたしますので、こちらでお待ちくださ い」

「突然すまない」

木で作られた小さなイスを勧められ、やっと口から言葉が出た。けれどその女性はイヤな顔一つすることなく、笑みを浮かべたままぺこりと頭を下げた。彼女の手を借りて、子ども達が淹《い》れたお茶がカウロの前に出される。

「とっては左だっけ？」

「右側じゃなかった？」

「それって王子様から見て？」

「右と左？　フォーク持つ方が右？」

「どっちだっけ？」

いくつもの声が飛び交って、その度に一つ一つ問題を解決していく。覚えがいいとは言えないかもしれないが、自分のためにこんなに頑張ってくれていると思うと胸の辺りがじんわりと温かくなった。

——それからカウロが彼らを弟妹のように可愛がるようになるまで時間はかからなかった。

王子、王子と繰り返す姿は幼い頃のランカとよく似ていた。けれどあの時とは違い、今度はカウロが彼らに教える番だ。かつてランカに教えてもらったことを、王宮付きの家庭教師達に教えてもらったことを惜しげもなく彼らへと伝えていった。

ランカのように上手くはいかなかった。どうすればちゃんと伝えることが出来るかと、馬車の中で頭を抱えたのも一度や二度ではない。けれどそんなカウロの言葉ですらも、彼らは必死で理解しようとするのだ。可愛くない訳がない。それに彼らは可愛いだけではなかった。カウロの知らないランカを教えてくれるだけではなく、ランカの訪問日をこっそりと教えてくれるのだ。

「ランカ様、明後日《あさって》いらっしゃるんだって。楽しみだね、カウロ王子！」

カウロの気持ちを知ってか、知らずか。彼らはイタズラ好きの顔で「楽しみだね〜」と笑うだけ。けれど不思議と嫌な気はしない。カウロは協力者の頭を順番に撫《な》でる。すると彼らは決まってコロコロと笑うのだ。

小さな彼らの協力もあって、ランカとの距離は近づいていた……と、カウロは思っていた。けれどある時を境に少しずつ、けれど確実に遠のいてしまった。

王家主催の夜会で決まったアウソラード王国への出資。

ハーブティーが絶品だというランカの言葉に間違いはなかった。実際、分けてもらったハーブティーは今まで飲んでいたどのお茶とも風味がまるで違う。スゥっと抜けるような爽快感は癖になりそうだ。これをアウソラード王国の人達は食事中に飲むらしい。癖があるが、それでいて食事とよく合う。確かに投資家、ランカ＝プラッシャーが目を付けるほどの品だった。

だからカウロも一国を相手にしているとはいえ、いつも通りのランカだと思い込んでいた。けれど彼女は今までのどの投資先よりもアウソラード王国に固執していた。明らかにかける時間が違うのだ。時間を無理に空けて馬車を走らせる。それでも相手は国。きっと初めての大山に彼女も張り切っているに違いない。

一見サバサバしているように見えるランカだが、情熱的な一面も持ち合わせている。きっとこの投資も成功させてみせるだろう。カウロは尊敬すべき婚約者の邪魔にならないよう、湧き上がる寂しさを胸の奥にしまい込んだ。

ランカのことを愛しているからこそ、カウロはなにも言い出せずにいた。そしてカウロは婚約者として、ランカの活躍を見守り続けることを決めた。ランカの活躍もあり、アウソラード王国は茶葉産業で一旗あげ、大陸中にハーブティーの存在が知られていった。彼女達はそれだけで歩みを止めることなく、複数の作戦を打ち出してはますますの発展を遂げていく。『アウソラード』と聞いても『貧困』の二文字が浮かばなくなりつつある——そんなある日のことだった。

アウソラード王国で油田が見つかった。

それも過去に大陸で見つかった最大サイズのものと比べ、ゆうに数倍はある油田を掘り当てたのだ。ここまで大きな油田があればこの先、大陸中のエネルギーを百年賄《まかな》ってもまだ余ると言われるほど。そんな大量のエネルギーがたった一つの国から見つかったのだ。大陸中が驚きに包まれた。大陸のパワーバランスは一気に変わる。貧しかったアウソラード王国に見向きもしなかった国々が石油を求めて、こぞってアウソラード王国へ手紙を送った。

『我が国に石油を！』

それぞれの国は自国の武器となりうる名産品をちらつかせて、これから国交をより密にしようとしたのだ。中には大陸一の国土と財を有する大国からの手紙だってあった。その国の手を取れば、ハーブティーに石油と築いた財を元手にさらなる発展を得られることだろう。

産業革命を起こすことだって夢ではない。けれどアウソラード王国の国王達が真っ先に連絡を取ったのは、手紙を送ってきた数多《あまた》の国ではなく、辛い時に手を差し伸べてくれたランカだった。彼らは大陸中に噂《うわさ》が回るよりも早く、プラッシャー屋敷に馬車を走らせた。

いつも冷静なランカがアウソラード王国から送られてきた手紙を手にはしゃぐ姿を目撃したカウロは、背筋にへばりつくような危機感を覚えた。どんな内容が書かれていたのかは察することしか出来ない。けれどこのままだとランカは自分との婚約を解消してしまうのではないか。もしもランカを嫁に出すことで石油の供給を一定量約束するという取引を提示されてしまえば、いくら王子の婚約者とはいえ、婚約を解消してしまうことだってあり得る。その決断を下すのは王子であるカウロではなく、父である国王だ。

いくらシュトランドラー王国が多くの魔法使いを抱えているとはいえ、全てを魔法だけで賄っていける訳ではない。石油が今後の発展に直結するのは確実。王子としては一番に国のことを考えるべきだ。けれど簡単に割り切れないほどにカウロはランカのことを好いていた。投資を次々に成功させていく彼女への尊敬を覚えると共に、ふとした瞬間に見せる笑顔は恋情をも刺激した。

二つの感情が入り混じった想いを、ランカを見守りながら胸の中で育てていたのだ。同時にその想いがランカには全く伝わっていないことも理解していた。それでもカウロは『王子としての自分』が邪魔をして、なかなか行動に移すことは出来なかった。かといって行かないでくれと縋《すが》ることが出来るほど仲がいい訳でもない。所詮《しょせん》は婚約者――結婚の約束をした相手でしかないのだ。だからこそ気持ちばかりが焦ってしまう。

カウロがどうにか出来ないかと模索している間も、ランカとアサドの交流は続いている。学園入学後、ミゲロに剣術を習わせてはどうかと提案したのも、彼のためのことを考える気持ちよりもランカと少しでも時間が取れればという下心が強かった。そんな薄汚い気持ちが彼女にバレてしまったのか、はたまたただの偶然なのか、子ども達の元へ向かってもランカの顔すら見れない日が続いた。

その一方で、アウソラード王国にはしばしば足を運んでいるらしい。アウソラードの名を聞く度に、中身の見えない一通の手紙が頭をよぎる。誕生日プレゼントと共に贈られてきた手紙さえも定型文に見えて、すでにランカの心はアウソラードにあるのではないか、と悩む日が続いた。無力さに唇を噛《か》みしめたところで、カウロには学校に足を運ぶ程度しか出来なかった。

以前にも増して投資に励むようになったランカは、もちろんカウロの気持ちには気づかぬまま。アタックを続けてくるアターシャがランカだったらいいのに……なんて、彼が寂しさを募らせていることに気づく気配はない。けれどカウロとて寂しさを放置したままにするつもりはない。ミゲロに鍛錬を付けることで子ども達の元へ足を運ぶ回数を自然に増やしただけではなく、大きくランカの心へと踏み込むことにした。

「気分転換もかねて、二人で別荘へ遊びに行かないか？　来月、三週目の週末なんてどうだろうか？」

たったそれだけ。けれどそのお誘いを喉から絞り出すのには、何日もの心の準備が必要だった。断られたらどうしようかと怯《おび》え、何度ランカが呼ばれているお茶会や夜会の予定を確認したことか。いくら確認したところでほとんどがカウロ自身のスケジュールと被《かぶ》っている。婚約者なのだから当たり前だ。それでも自分が招待されていないものはないか、と念入りに調べた。そして詰まったスケジュールの中から二日連続で予定が空いている日に狙いを定めて誘った。

ここまでしても断られるかどうかは正直半々といったところ。もっと言えば劣勢に近い。それでも長期休みに社交での必要最低限の交流しかしなければ、さらに距離は遠ざかる一方だと考えたのだ。もし断られても、ランカが投資に励んでいるからと自分に言い聞かせればいい。その考えをお守りのように胸に抱き、勇気を出して誘った。けれどランカが返した言葉はあまりに残酷だった。

「せっかくのお誘いですが、その日はちょうどアウソラード王国から油田を見に来ないかとお誘いを受けておりまして……」

よりによって、ランカの行き先はアウソラード王国だったのだ。

予測出来なかった訳ではない。むしろ今までのランカの行動を考えると、空き時間が長ければ長いほどアウソラード王国へ足を運ぶ確率は上がっている。つまり断られるなら高確率でアウソラード王国絡み。そんなこと初めからわかっていても、こうして直接ランカの口から聞かされればダメージは大きい。

こんなに熱心になるには何かあるのではないだろうか？　例えばアサド王子とは特別な仲になっている、とか。カウロだって下世話な勘ぐりなんてしたくはない。けれど脳内には嫌な考えばかりが次々に押し寄せてくるのだ。

泊まりでの油田見学に心を躍《おど》らせるランカを見ているのは辛《つら》い。目を逸《そ》らしてしまいたい。けれどこの時間を終えてしまえば愛《いと》おしい婚約者は再びどこかへ飛んでいってしまうのだ。ここで無責任に手を伸ばして行かないでくれとでも言えたならどんなに楽になれるか。けれどそれはカウロの良心が許しはしなかった。それでもせめて、一番大きな不安だけは拭《ぬぐ》い去っておきたかった。痛みをごまかすように唾を飲み込んで、残りの力でもう一歩だけ踏み込んだ。

「ランカ。……アウソラードの王子とは一体どんな仲なんだ？」

「友人兼ビジネスパートナーといったところでしょうか」

ランカの口から直接紡がれた言葉にホッと胸を撫で下ろす。自分が情けない。自信と余裕のなさが彼女に頼りにされない要因になっているのかもしれない。夜会でランカの活躍を耳にする度、彼女への尊敬の念は募っていく。けれど『ランカ様が婚約者だなんて羨ましい』という言葉を耳にする度に、彼女の付属品のような扱いを受ける自分を恥ずかしく思う。

応援しているつもりで、お荷物になっているのではないか。ランカの隣にいることが出来るのは自分が『王子』だからなのではないか。そんな考えばかりが頭をよぎる。けれど否定してくれる者などいない。ランカへの想いがなければ、今頃彼女へ劣等感を向けていたに違いない。はたまた優秀な女性を妻に出来るレールに乗れたことを幸運に思っていたかもしれない。

あの時、恋をしていなければ。深みにはまっていなければ、割り切った関係を保てたのではないか。もしもを並べたところで過去に戻るための手段などない。それに、きっと過去に戻ったところでまた彼女を好きになる。何度戻っても同じ道を繰り返し、この場所に立つことになる。あの笑みを向けられたが最後、望まずにはいられないのだから。他の男の元へと向かうランカの背中を眺めながら、手のひらに爪を立てるのだった。


「少し涼しいな」

カウロは羽織を使用人から受け取り、遠くを見つめる。ちょうどランカもアサド王子の元に到着した頃か。ランカに断られてしまった彼は今、王都から東部に数刻ほど馬を走らせた場所にある王家の別荘にいた。この数刻の間、真逆の方向に馬車を走らせればアウソラード王国がある。

隣国とはいえ、城と城の距離があまり離れておらず、だからこそランカは気軽に足を運ぶのだろう。彼女との距離が普段の倍になってしまったかのようで、カウロは肩をすくめた。けれど計画を止めるつもりはなかった。予定通り、二日間の滞在。コテージで読書をして過ごそうと計画している。ランカとの手紙で少しだけ触れられていた異国物語が、今後彼女との会話のきっかけになればいいと何冊か持ってきていた。

一冊目に手に取ったのは仮想の魔物・ドラゴンが出てくる物語だ。城を覆い尽くしてしまいそうなほどの巨体を持つドラゴンはある日、姫を気に入ってさらってしまう。誰一人として手を出すことも出来なかった。圧倒的なまでの強さを誇る相手に、国王すらも姫の奪還を諦めた。けれど姫の騎士だけは違った。彼女を救うため、大きさはもちろん、力の差も歴然の相手に挑むのだ。仲間すらいない。

魔法も使えない。頼るべきは己の身と剣だけ。何度も傷ついて、倒れて。死にかけたこともある。けれど諦めずに剣を振るい続けた。

小さな魔物達が献上する木の実や果実を姫に与えながら、ドラゴンはいつまで経《た》っても諦めることのない騎士をあしらい続けた。季節が変わり、年が変わっても騎士はドラゴンの前に現れる。姫を返せと剣を振るう騎士に、いつからかドラゴンは愛おしさを覚えるようになった。人が小動物に向けるような感覚だ。けれど半永久の時を生きるドラゴンにとって、久々の感覚だった。

姫を返したらきっと彼はいなくなってしまう。小さな挑戦者を失うことを恐れたドラゴンは姫を遠くの山中に隠してしまった。幻影を自分の足元に作り出し、騎士の訪れを待った。姫はとっくに手の届かない場所にいってしまったというのに、彼は気づきもせずに剣を振るい続ける。

これは面白いのか？　騎士の報われる姿が一向に見えてこない。最後にどうまとめるつもりかとページを捲《めく》り続けた。最後のページまで読んでも、騎士は姫と再会することはなかった。けれどこの物語は騎士の不憫《ふびん》な一生ではないのだ。剣を振り続けた彼は死の直前、ドラゴンに姫の姿を見せてもらう。山の近くに住んでいた男と出会った姫はドラゴンにさらわれたショックから記憶を失っていたのだ。ドラゴンが山に連れていく前から、彼女には騎士についての記憶は残っていなかった。記憶を失くすと同時に立場から解放された彼女は城にいた頃よりもずっと楽しそうで、いつだって幸せに包まれていた。高価なアクセサリーも綺麗なドレスもない。慣れない水仕事で手は荒れているのに、左手の薬指にはめられた指輪はキラキラと輝いていた。

「姫様は幸せになられたのだな」

そう呟《つぶや》き、息を引き取った騎士の顔はとても穏やかであった——とそこで物語は終了している。騎士が姫を愛していたのか。責任感から来るものだったのかは明らかにされていない。この手の話は大抵、ハッピーエンドで終わるはずだ。カウロとて全員が笑って、幸せになる結末を期待していた。だが最後に迎えたのは、他の物語とは全く異なるエンディング。ハッピーエンドの物語だと聞かされてから読めば、こんな話が読みたかったのではないと怒り出すかもしれない。

けれどラストは騎士の笑顔で締めくくられるから、余計に作者の意図が読めない。ランカはこの物語を読んで、何を思ったのか。カウロは騎士は不憫ではないと感じたが、同時に彼のようにはなりたくないと思った。カウロは騎士のように気高い志などないのだ。あるのはくすぶった恋心だけ。彼女の隣に他の誰かがいると想像しただけで胸が苦しくなる。

ギュッと胸元を押さえたカウロは軽く首を振った。物語と重ねてしまうなんて重症だな。この本はランカと会話をするのに良いきっかけとなるかもしれないと思ったが、彼女と話せば変なことを口走ってしまいそうだ。やはり他の本にしよう。積まれた本から新たに抜き出した時、風が吹いた。花と森の香りを乗せた爽やかな空気だ。以前、ランカと共にこの場所を訪れた時と同じ。カウロは本を数冊の山の一番上に置き、コスモスの香りに誘われるように足を運んでいた。

思い出の中のようにランカが隣にいてくれることはない。物語のようにドラゴンの存在する世界ではなく、彼女がいるのは隣国で。さらわれたのではなく、自分の意思で向かっていった。取って食われることも、大きな爪で切り裂かれる心配もない。

ランカ曰《いわ》く、アサド王子は友人兼ビジネスパートナー。仲の良い婚約者もいるのだという。彼女の手前、納得してはみせたもののアウソラード王国は一夫多妻制。豊かになったかの国がランカを側妃にと願わないとは限らない。通常時ならば他国の王族の婚約者をかすめとることは出来ない。喧嘩《けんか》を売るようなものだ。だが今のアウソラード王国は違う。大陸の勢力図を書き換えてしまうことが出来るほど強力なカードを保有しているのだ。

アウソラードを仲間に出来るかどうかで今後の国の行く末が変わると言っても過言ではない。貧しい国だと見向きもしない国が多かった中で、彼らの国を見いだしたのはランカただ一人。いくら婚約者を愛しているとはいえ、ランカに固執してもおかしくはない。

「やはり他の日程でも構わないと食い下がるべきだったか」

今になって後悔ばかりが押し寄せる。大量のコスモスを前にしても、綺麗だなんて感情は湧かず、行き場のない不安ばかりが募る。

『カウロ王子、コスモスの花言葉は「平和」と「乙女の真心」だそうです！』

『ランカにぴったりの花だな』

『そう、ですか？』

赤らんだ頬に両手を添えるランカは今思い出してもとても愛らしい。ランカの頭にティアラを飾れる日がまだ十年以上先なのが歯がゆくて、メイドに教えてもらった花冠を作って彼女の頭に乗せた。

嬉《うれ》しそうに小さく笑う彼女に二度目の恋をした。一度目と同じ相手に心を奪われ、いっそう深く恋の沼に足を踏み入れたのだ。ランカへの思いに尊敬が加わったのは確かその二年と少し後のこと。あの時は彼女がずっと隣にいることを疑いもしなかった。純粋で、何も知らない子どもだった。

過去の思い出ばかりを辿《たど》っていると、手の中には花冠が完成していた。あの頃と同じ、白と赤のコスモスを使用している。無意識に手が動いていたらしい。

あの日以降も何度か庭師から分けてもらった花で作った。だが一番新しい記憶でも五年以上は前。身体は覚えているものだ。幼いランカに贈った物よりもずっと綺麗で、美しく成長した彼女によく似合うことだろう。あの日のように渡したいと思うのにその相手は隣にいない。一人で花冠づくりなんてするんじゃなかった。空《むな》しさばかりが溜《た》まって、美しい思い出までも浸食していくだけ。それでも過去をなぞりながら動く手は新たな冠を作成し続けた。

「カウロ王子！　奇遇ですね」

「君は」

数人の使用人とカウロのみと思っていた花畑に誰かがやってきたらしい。この場所は王都から遠く離れており、近くの村までも距離がある。王家の別荘と花畑以外は森と木、少し歩いた場所に滝と川があるくらい。自然に溢《あふ》れ、リラックス出来る場所ではあるが、ここまで足を運ぶ者などなかなかいない。一体誰が、と顔をあげればそこには見慣れた少女の姿があった。

「癒やしの力の持ち主、アターシャ＝ベンリルです」

学園入学後から何かにつけてアピールを繰り返す女子生徒、アターシャ。何か思惑があるかと警戒したのは初めだけ。自分の魔法をアピールするか、癒やしの力を使って他の生徒達の怪我《けが》を癒やすかするだけで危害を加えてくることはない。

カウロの中ではすっかりと世話焼きの生徒という立ち位置に落ち着いている。自分にばかり声をかけてくるのは第一王子だから。癒やしの力を抜きにしても、彼女の魔力は群を抜いている。試験など受けずとも国側から是非にと願うほどの逸材だ。彼女もそれを理解している節がある。おそらく働き口を探しているのだろう。

「君はどうしてここに?」

「花の香りに誘われまして」

「そうか」

王家の別荘の場所は公にはされていないはずだが、彼女はこの場所をどうやって知ったのか?疑問は残るものの、彼女は自分に害をなすような相手ではないという妙な確信があった。魔法の授業で度々ペアを組んでいるからだろうか。信頼感とも安心感とも少し違う。けれどランカに向けるような恋や尊敬でもない。カウロ本人ですら言葉に表すことの出来ない、特別な感情があった。

「カウロ王子はなにをしているんですか?」

「花冠を作っている」

「可愛いですね」

「ありがとう」

「……私にも作り方、教えていただけますか？」

「ああ」

隣に座り込んだアターシャに手元を見せるようにして「ここを通して」と丁寧に教えていく。その間、アターシャはいつものようにアピールをすることはない。花冠作りに集中しているらしく、口を開く時は質問がある時のみ。時折、うーんと唸《うな》ることもあるが至って平穏な時間だった。隣にいるのがアターシャではなく、ランカなら平穏ではなく幸せな時間だったはずだ。アターシャの隣で四つ目となる冠を作りながら、カウロはランカに思いを馳《は》せていた。

◇　◆　◇

一方で、アターシャも隣にいるカウロとは別の人のことを考えていた。

転生前の彼女に何度となく生きる気力を分け与えてくれた推し——カウロ王子。王道王子と呼ばれる彼はいつだってキラキラと輝いていて、アターシャに転生したと気づいた時からゲームのように寄り添って暮らせることを夢見た。だが学園に入学してから出会った『カウロ王子』は画面越しの彼とは違った。相変わらず誰にでも優しい王子様。けれどアターシャにだけ見せる、光の後ろに隠れた影が存在しなかったのだ。

悪役令嬢がカウロの幼少期にトラウマを植え付けることがなかったためだ。それどころかシナリオにはない投資を始め、投資家としての才能を存分に発揮していく悪役令嬢に戸惑いはした。けれどアターシャは入学してまもなく、悪役令嬢・ランカ＝プラッシャーもまた、自分と同じく転生者であることを悟ったのだ。そして彼女がハナからアターシャを虐《いじ》めるつもりがないことも。

想定外だったのはカウロがランカに惚《ほ》れていたこと。それでもランカはカウロと必要以上の交流を持とうとはしなかった。その上、アウソラード王国で油田が発掘されてからは今まで以上に関係を密にしているらしかった。やる気のない悪役令嬢を貶《おとし》める必要なんてない。だからこそアターシャはひたすらに自分の武器を売り込むというアプローチを続けたのだ。

もちろんイベントが発生するように努めもした。フラグ管理はもちろん、成績などのステータス管理も完璧。今日だって、エンディングを見るための必須イベントを発生させるために、ゲームの知識をフル活用してやってきたのだ。

王都から馬車を乗り継ぎ、コスモスの花畑と滝がセットである森を探し、かなりの時間をかけて探し出した。けれどダメだった。なぜいるのかと驚きすらしてくれない。いっそ雑にあしらってくれれば良かったのに、花冠の作り方を丁寧に教えてくれる。

おかげで初めて作る割には上手な花冠第一号が完成した。今までのアターシャなら『祝・推しとの初めての共同作業』とケーキを用意してお祝いするところだが、今は素直に喜ぶことが出来なかった。隣に視線を移せば、そこには『カウロ王子』と同じ見た目の彼がいる。声だって一緒。けれど中身はまるで違う。この世界で生きて、婚約者に恋をした別人なのだ。そんな彼に前世からの夢を押しつけることに申し訳なさを覚えた。

『推しは眺める専門！』とは一体誰の言葉だったか。前世の誰かの台詞《せりふ》はアターシャの心に深く突き刺さった。同じ次元に存在しても、恋愛対象になんてするものではない。偶像は偶像のまま。拝む対象として完結させるべきだった。深く踏み込めば、見えなかった部分が見えてくる。それがアターシャにとっては『カウロのランカへ向けた恋愛感情』だった。

けれど不思議と嫌な気はしなかった。カウロ王子を追う度に見えてくるランカ＝プラッシャーは乙女ゲームの悪役令嬢ではなかった。この世界のカウロ王子が惚れたランカは誰からも慕われていた。権力なんてなくても彼女は真っ直《ます》ぐに前を見据え、進み続けることだろう。そんな姿を格好いいと感じてしまったから。今になって思えば、その時からアターシャは恋愛ゲームの舞台からリタイアしていたに違いない。

シナリオスタートから半年。アターシャは自分の中でカウロ王子は『推し』であり、恋愛対象ではないと定め、アタックすることを止めた。代わりに元気のない推しが少しでも前を向けるように背中を押すことにした。

◇

◆

◇

「それ、ランカ様に贈るんですか？」

「そのつもりはない」

「なぜです？　投資活動でお忙しくてこの場に来られなくても、きっと喜んでくれると思いますよ」

「彼女には花冠よりも宝石が似合うだろう」

「どちらも似合うと思いますよ。ランカ様は綺麗ですから」

「そうか？」

『ランカ様』なんて、アターシャの口からランカの名前が出たことにカウロは目を丸くした。彼女はランカを引き合いにして周りから悪く言われようが、決して名前を出すことも、関わることもなかった。この半年間一度も、だ。なのになぜ今、このタイミングで彼女の名前を挙げたのか？

「沢山《たくさん》作ったのですから、一番出来のいいものを渡しましょう。小さな気遣いや贈り物は女性の心をがっちりと掴《つか》みます。ランカ様だって嫌な気はしません。次に会うまで時間がかかるようなら、プリザーブドフラワーに加工して渡すのもいいかもしれませんよ。渡した後も飾っておいてもらえるかもしれませんし！」

ね！　とカウロの肩をがっしりと掴むアターシャ。花冠のお礼、というには不自然すぎる。今までこんなに強く押してくることなどなかったのに、なぜ彼女はこんなにも必死なのか。何が彼女を突き動かしているのか。圧に押されるようにコクコクと頷《うなず》けば、アターシャは満足げに頷いた。そしてカウロの後ろで控えていた使用人の元まで歩くと「作り方わかりますか？」と尋ね、いくつか言葉を交

わした。

その後、メモと共に先ほど完成させた花冠を残して颯爽《さっそう》と去って行った。白いワンピースの裾をなびかせながらコスモスの花畑を闊歩《かっぽ》する姿はまるで妖精のよう。けれどおとぎ話に登場する彼らとは違い、世話焼きの彼女は振り向きざまに「ファイトですよ」と拳を作る。

やり方こそ違えど、ランカと同じく情熱的な一面を見せるアターシャに、ようやくカウロは彼女へ向ける感情の種類を理解した。親近感のような何か。明確な分類はない。思わず心を許してしまえる魅力が彼女にはあるのだ。使用人に材料をいくつか集めてもらい、別荘滞在の残り時間はプリザーブドフラワー作りに当てた。

城に戻ったら、手紙と一緒に贈ろう。昔、一緒に訪れたコスモス畑で作ったのだと、また時間のある時に二人で行こうとのお誘いも添えて。

アターシャとの会話と、プリザーブドフラワー作りを通してランカへの想いが確たるものへと変わった。馬車の中で揺られながら、膝の上に乗せた花冠に笑みを落とす。喜んでくれるだろうか。

しかし城に到着し、早速手紙を書こうと思っていたカウロに、国王陛下から呼び出しがあった。帰って早々とは急ぎの用事に違いない。一度、花冠を部屋に置き、玉座へと足を運ぶ。そして衝撃的な言葉が告げられた。

「単刀直入に言おう。ランカに他の相手との婚約を勧めた」

「どういう、ことでしょうか？」

「ランカの噂《うわさ》はお前も知っていると思うが、数々の投資に加え、アウソラードの石油発掘。大陸中が彼女との縁を欲しているのだ。公爵令嬢が活躍する域を遙《はる》かに超えている。ランカをこのまま王子妃としてとどめておくのは彼女のためにもならないのではないか。お前との婚約は解消し、他の相手と婚約を結ぶことこそ彼女の幸せに繋《つな》がるのではないかと考え、検討した結果だ」

「それは……」

「プラッシャー家の当主とも話し合い、最終的な決定はランカ本人に委《ゆだ》ねている。彼女の希望で今は保留にしているが、婚約解消の日も遠くはないだろう。お前の新しい婚約者探しも始めなければならない。公爵家の令嬢でランカ以外に誰か懇意にしている相手がいるか？　癒やしの力を持つアターシャ＝ベンリルでも構わないが」

「ランカとの婚約解消は確定なのでしょうか？」

「ランカの心次第だ。だが彼女が婚約解消を望まずとも、彼女を望む投資家や資本家、他国の貴族達は様々な手段で手に入れようと画策するだろうな」

王子という立場に驕《おご》るな——と。現状、アウソラード王国ほど強力な手札を持っていない投資家や資本家よりもカウロは負けている。現国王の元に一番初めに生まれた男児だったから、第一王子になっただけ。自分では何一つとして功績を上げてはいない。同じ年のランカはいくつもの成果を上げているというのに。思いを寄せ、遠く離れていくことに嘆き続けるだけで、今まで何もしてこなかった。だが——

「では私がランカの婚約者として相応《ふさわ》しい相手だと認めさせれば良いのですね」

「ああ」

情けない自分とは今日で決別しなければならない。王子という名ばかりの役職ではいずれかすめ取られてしまう。ならばその手を離さないで済むよう、彼女に相応しい人になるだけだ。

国王に宣言してからというもの、カウロは今まで以上に国務に励むようになる。別荘で作ったプリザーブドフラワーはランカに渡すことなく自室に飾り、ランカへの思いを募らせる。彼女への思いを糧に時間があれば各地を巡った。彼らの悩みや現状に耳を傾け、情報を集める。原因と今後の対策を導きだし、何度と会議にかける。

今までノータッチだった予算にも触れるようになった。計算はあまり得意ではない。けれど小さな壁の前で立ち止まっているうちに、ランカはどんどん遠くへと歩いて行ってしまう。彼女の活躍が耳に入る度、カウロのやる気がみなぎっていく。

国務に関わるようになってから、よりいっそうランカへの尊敬が大きくなった。真っ直ぐに前を向く彼女がかっこよくて、自分も彼女に格好いいと思ってもらえるような人になれるように努力を重ねていくのであった。

◇　◆　◇

油田見学から帰ってきてすぐ、カウロにお茶に誘われた。時間はさほど取れないと伝えたがそれでもいい、と。投資家達との婚約の話をカウロはもう知っているだろうか。もしも知っているならば彼はどう思っているのだろう。今日はそのことについて話し合いをするつもりなのか。せっかくアサド達に背中を押してもらったのに、教えてもらった花を詰めたメッセージボックスも贈れていない。

城に着いてすぐ、バラ園へと案内されたランカは晴れた空とは正反対の、鬱々とした気持ちで歩みを進めた。ガゼボに待機していたカウロに軽く挨拶をし、勧められるがままにお茶を飲む。

「アウソラード王国は楽しかったかい？」

「はい。私、初めて油田を見せて頂きましたわ。アウソラードの郷土料理も沢山用意していただいて。本当に、貴重な体験をさせていただきました」

「そうか。楽しかったのなら良かった」

笑った顔はどこか吹っ切れているように見える。普段、ランカと二人きりの時の彼とは違う。少し雰囲気が変わった。明るくなったというべきか、休暇前に感じた影はどこにもない。悩みが解決したようで良かったと純粋に喜べないのは、そこにどうしてもアターシャの姿が見えてしまうから。

カウロの話に彼女の名前は入ってこないが、代わりに花や木々などの情報もない。話題が本か過去の出来事に限定されてしまっている。明らかに何かを隠しているようだった。いや、ランカに合わせてくれているだけかもしれない。彼は優しい人だから。そんな些細《ささい》な気遣いにさえ、胸が温かくなる。

たとえ今の彼が持っている感情が恋情どころか、親愛ですらなくともランカにはそれがたまらなく嬉しかった。彼の素敵なところを見つける度に、好きな気持ちが募っていく。幸せってこういうことなんだろうな。すぐそこに終わりが迫っていることを理解している。けれどこの場にいるのは他の誰でもなく、ランカなのだ。カップを傾けながら思わず笑みがこぼれた。

「そういえば、ランカは文化祭でスピーチをするらしいな」

「はい。是非にと頼まれてしまいまして」

ランカ達の通う学園では三年に一度、文化祭が行われる。前世の文化祭と同様に、研究成果を発表する場が設けられていると共に食べ物や遊戯を売る出店もある。三年もある学園生活でたった一度しか行われないのは少し寂しいような気もするが、その分学園規模とは思えないほど大規模なお祭りが二日に渡って開催される。

何に力を入れるかは生徒によって異なるが、多くの生徒と来訪者が注目するのは、学年や授業ごとに代表が選ばれる研究発表会だ。講堂で開催されるそれは授業ごとに枠が決まっており、優秀者しか舞台に立つことが許されない。その分、国中の企業や施設からの注目度が高く、卒業後は職に困ることはないと言われている。城勤めの文官や魔法使い達もこの場所でスカウトされることが多い。

上級貴族でも長男以外は喉から手が出るほど欲しい参加権。男女関係なく獲得しようと躍起になるはずのそれを、教師だけではなく他の受講者もランカが参加することが当然であるように明け渡したのだ。だが断罪されるかもしれないランカが舞台に立てば、今後学園の品位を下げる可能性がある。多くの優秀な生徒達を輩出する学園に傷を付ける訳にはいかない。

乙女ゲームの舞台に選ばれてしまっただけの学園には何の恨みもないのだ。他に適任がいるはずだと数人の名前を挙げて断れば、今度は彼らに頭を下げられる。断る方法などなかった。だが引き受けたからには準備を怠《おこた》るつもりはない。全力でやるだけだ。

「さすがはランカだ。私も婚約者として誇らしい」

「ありがとうございます」

妙に『婚約者』のところの圧が強い。微笑《ほほえ》みで返しながら、前の質問とセットでやはり裏があると確信せざるを得ない。まだ婚約者にすぎないと牽制《けんせい》されているかのよう。

「カウロ王子も魔法分野で発表に選ばれたのですよね？　魔法道具のお披露目会があるのだとか。おめでとうございます」

掲示板に張り出されていたカウロの名前の横には『アターシャ＝ベンリル』の名前もあった。ついつい世話焼きの方にばかり気を取られてしまうが、彼女の力は折り紙付きだ。カウロとアターシャの選出は話題にこそなれど、平民でありながら選ばれたアターシャに異議を申し立てた者はいなかったようだ。

「ああ。まだ勉強中とはいえ、誰に見せても恥ずかしくないものを作らなければ。それに私のペアはあのアターシャだからな。彼女は講師陣すら圧倒するほどの力を持っていて、アイディア力も群を抜いているんだ」

カウロは彼女とならいい発表が出来そうだ、と笑う。彼の瞳に宿っている感情はおそらく尊敬。幼少期の彼から幾度となく向けられた感情だ。それが今、ランカではなくアターシャに向けられている。確実に二人の距離は近づいていると言えるだろう。その上でのペア発表。準備期間と発表で仲を深めた二人はますます距離を縮め……。これから起きるであろうシナリオを想像しながら遠くを見つめる。いや、前に進むと決めたんだ。暗い考えはなしだ！　と頭の端にネガティブ思考を追いやる。

「出来ればランカが見て喜んでもらえるようなものを作りたいんだ」

恥ずかしそうに頬を掻《か》くカウロにランカの胸はじんわりと温かくなる。この休暇が終わったら、もっとカウロとの時間を取ろう。まだまだ投資活動を止めるつもりはないし、ランカもカウロも文化祭の準備がある。それでも積極的に距離を詰めなければ今度こそ取り返しのつかないほど大きな溝が出来てしまう。でも今ならまだ彼はランカを見てくれている。

「楽しみにしておりますわ」

「ああ」

心からの微笑みをカウロに向けたランカは彼との関係の良さを実感した――はずだった。

その日を境にカウロは王子としての公務に精を出し始め、ランカとの時間はみるみるうちに減っていった。手紙を出しても返事が返ってくるまでに時間がかかるようになり、誘いは断られることもしばしば。

まるで少し前のランカとカウロが逆転してしまったかのよう。彼にもこんな思いをさせていたのかと思うと胸がズキリと痛んだ。応援したい気持ちはある。だがここで引くつもりはなかった。カウロがずっと誘い続けてくれていたように、ランカは手紙を出し続け、短い時間でもいいとお茶に誘った。

けれど今、心が折れそうになっている。

「っ」

教室移動中にたまたま通りかかった教室の窓から、二人が楽しげに話し合っているところを目撃してしまったのだ。窓越しで声は聞こえないのに、はしゃいでいるのがわかってしまう。文化祭に向けた準備だろうか。ノートを挟んで、ペンを片手に笑い合っている。

あんなに目を輝かせて前のめりになるカウロを見たのは初めてだ。やはりランカは悪役令嬢でしかないのか。唇に歯を立て、涙をこらえた。そして逃げるようにその場を立ち去った。次の授業には向かわず、そのまま馬車へ乗り込んだ。公爵令嬢という立場でありながら授業をサボタージュしてしまったのだ。

それから何をするにもやる気がおきず、投資活動も抑え気味になっていた。これではダメだと立ち上がろうとする度、いくら頑張ってもカウロが隣にいてくれる訳ではないのだと頭のどこかでやる気を削《そ》ぐ声がする。所詮、ランカがやろうとしていることは逃げ道を作ることでしかないのだ。やる気の代わりに出るのは深いため息で、ストンと椅子に腰を下ろす日々が続いた。どこもランカの助言を必要としないほどに好調だったことが救いだった。しょぼくれた顔では子ども達の前にも出れやしない。そんな時、アウソラード王国から手紙が届いた。新しいブレンドを試飲して欲しい、と。彼らに見せると約束した魔法道具は購入済みだ。それらを馬車に積み込み、すぐに隣国へと向かった。

「ランカ、どうしたんだ？」

突然の訪問にアサドは目を丸くした。当然だ。よりにもよって到着したのはもう日も暮れ始めた頃なのだから。御者は途中で宿を取ることを勧めてくれたが、ランカはそのまま走らせてくれと伝えた。

「えっとあの、手紙をもらったので。それに、魔法道具が……。以前見たいと。あの、だから私」

ランカは口に出して、なんて言い訳じみた言葉だと呆《あき》れてしまう。けれど短く切れた言葉がボロボロとこぼれ落ちることを止めることなど出来なかった。

「何があった？」

「え？」

「泣いてる」

「っ」

アサドに指摘され、指の腹で目をなぞる。大きな粒が指先に乗り、なくなったはずの場所はすぐにまた違う雫《しずく》で濡《ぬ》れる。自覚すれば、今までギリギリの状態を保っていた涙腺はこらえることを止めてドバッと溢れ出した。もう自分では止めることも出来ずに頬には小さな滝が出来る。

「アサド王子、どうかしました……ってランカ様？　ど、どうしたの？　とりあえずハンカチ。いいえ、タオル持ってきて！」

「フィリア様……」

なかなか戻ってこない婚約者をおかしく思ったのか、奥からフィリアがやってくる。そしてなぜかいきなりやってきて号泣しているランカに困惑しているようだ。あわあわと手を動かしながら、使用人にタオルを要求する。彼女は運ばれてきたバスタオルをランカの顔元に運びながら、肩を抱いてくれる。

「とりあえずここは冷えるわ。中に入りましょう？」

「俺のおすすめのブレンドを用意させよう」

鼻をすすりながら、お礼を告げれば背中をトントンと叩《たた》かれる。まるで子どもをあやすように優しいタッチだ。迷惑をかけている自覚はあるからこそ、謝罪と共に涙が溢れ出す。

「ごめんなさい」

「いいんだ。そうだ、ランカ。夕食はもう済ませたのか？」

「……まだです」

「そうか。ならすぐに用意させよう」

二人の優しさに支えられながらランカはアウソラード城の奥へと足を進める。客間へと誘導され、大きめのソファに腰をかける。右はフィリア、左はアサドに挟まれて、お茶と新しいタオルを差し出される。目を押さえるように涙を拭い、ハーブティーを口にする。温かい。二人との出逢いのきっかけになったハーブティーはこんなにも優しく包み込んでくれる。今ではこの国の名産品となったお茶はまるで彼らの人柄を表しているかのよう。優しい二人だから、ランカは無自覚に二人を頼ってしまったのだろう。

「ランカさえ嫌じゃなければ何があったか話してくれないか？」

「ずっと支えてもらったんだもの。私達もあなたの役に立ちたいの」

「アサド王子、フィリア様……」

ずっと、人前で泣いてはいけないと自分を制していた。乙女ゲームだの前世だの、他人に話せる訳がない。これは理解してもらえない、生まれるよりも前から定められた運命なのだ。

鎖にがんじがらめにされながら、長い間ずっと息が詰まっていた。我慢して、我慢して。ついに限界を迎えた結果がこれだ。情けない。いつものように自分を鼓舞して進めれば良かったのに、ランカにはもう一人で立ち上がる力がない。抱え続けることも困難で、意地になった固く抱きしめていた心を少しだけ開け放つ。

「本当にどうしようもないことなのですが、聞いてくれますか？」

「もちろんよ！」

「俺達は夜通しだろうと三日三晩だろうと付き合うつもりだ！」

「最近、カウロ王子との距離を感じるようになりまして」

「それは油田を見に来た際に話していたことと関係しているのか？」

「どうなんでしょう？　自分でもよくわからないのです。ただ最近は時間が合わないことが多くなってきています。王子としての公務と文化祭で忙しいようで……。今まで、私が好き勝手していつも王子には合わせてもらってたことは理解しているのです。今、私がいかに自分勝手なことを言っているかということも。でも、このまま別々の人と結婚した方がお互いのためなのかなと考えると」

ランカも好き勝手言っている自覚はある。自分の数年間を棚に上げて、構ってもらえなくなったら泣きわめくなんて子どもみたいだって。一つ一つこぼしながら、自分は王子の婚約者に向いてないのかもしれないという思いが募っていく。

愛なんてなく、初めから打算だけの婚姻を結んでしまえばきっと全てが上手くいく。何人も候補者がいるのであれば、その中から最も尊敬出来る相手をビジネスパートナーとして選べばいい。いなければ好きに動かせてくれる相手を。肩を落として、絨毯《じゅうたん》を見つめる。濃い青色に吸い込まれてしまいそうだ。

宿に泊まって夜が明けるのを待ち、そのまま馬車で城でも目指して候補者一覧でももらおうか。卒業式さえ参加しなければ、早々に舞台から退場してしまえば、断罪エンドなんて根元からフラグをボキッと折ってしまえる。カウロがアターシャと仲良くしている姿も見なくて済む。光の速さで脳内を駆け巡る未来予想図は案外悪くないように思える。ただ、ランカの隣にカウロがいないだけ。楽な方へと身を預け、背後まで迫った影に飲み込まれそうになった時だった。

「ちょっと待って！　別々の人と結婚ってどういうこと？　カウロ王子はランカ様の婚約者なのでしょう？」

「俺はそんなこと聞いてないぞ‼　いつそんな話が出たんだ？」

両サイドから驚くほど強い力で腕を掴まれた。思わずビクッと身体を震わせる。だがそのおかげで背中にぴったりとくっついていた闇はどこかへと身を潜めた。

「え、えっと油田見学から帰った日に国王陛下から投資家達との婚約を打診されていまして」

二人の圧に驚きながらも事情をこぼせば、二人とも「嘘《うそ》……」と頭をかかえた。タイミングまでぴったり。さすがは仲良し婚約者だ。

「なんでそんな……」

弱々しい声に、余計なことを言ってしまったと後悔する。わざわざ国王陛下なんて名前を出すことはなかったのに……。つい口がすべってしまった。なんとか巻き返そうと思考を巡らせる。

「私自身も決して悪い話ではないと思っています。今はまだ婚約者でも、結婚して王子妃になれば優先すべきことは沢山出来てくるでしょう。その上で今後も投資活動を続けたいと願うなら王子の婚約者を誰かに譲った方がいい。でも私はどちらも切り捨てることが出来ずにいる。今の関係を続けていること自体、本当は私のワガママなんです」

「ランカ様はカウロ王子のことが好きなのね」

「……はい」

ランカはカウロが好きだ。だから逃げ道を探しつつも、最大の逃げ道を選ぼうとはせず、シナリオに居座り続ける。せっかくのチャンスはいつ期限が切れるかわからない。最良のタイミングで掴まね

ば光の糸は消え去ってしまう。理解していながら簡単に割り切れないほど深みにはまってしまってい
た。そんなランカの気持ちに気づいたフィリアはランカの肩に手を回して、耳元で呟いた。
「ならアタックを続けましょう」
「でも……」
「ランカには俺達がついている。ランカさえ許してくれるなら今からでも馬車でカウロ王子の元へ向
かうぞ」
「え？」
「ランカのためならなんだってする。それにカウロ王子に挨拶に行くって言っただろう？　あれから
フィリアと二人で手土産を探したんだ」
「アウソラードグラスのポットとグラス、それにカウロ王子のためにリラックス効果のあるものを中
心にブレンドしたハーブティーですわ。自信作ですのよ。美味《おい》しいでしょう？」
同意を求めるような言葉に思わず手元を見下ろす。
「これがその？」
「ええ」
「美味しいです。きっとカウロ王子も喜んでくれます」
「ランカ様にそう言っていただけてホッとしたわ。カウロ王子のことも気になりますが、私としては
ランカ様の恋のライバルも見ておきたいものですわ」

おしとやかな笑みを浮かべつつ、そう告げるフィリアの目は狩人のような鋭さを持っている。ランカも彼女ほど強気に攻められたら良かったのだろうか。悪役にならずとも、アターシャを嫌えればもっと楽だったと自分でも思う。だがランカは彼女自身の魅力に気づいてしまった。カウロが彼女に惹かれても仕方がないと思ってしまった。癒やしの力なんてなくとも、彼女はきっと何も変わらない。今みたいにいろんなところで人に手を差し伸べて歩くことだろう。己を貫きながら、楽しそうに笑うのだ。

「実は来月、学生全員参加の文化祭が開催されるのですが、お二人の都合が良ければ」

「絶対行く！」

「案内中に相手の子見つけたら教えてくださいね！」

アサドとフィリアはずいっと顔を寄せ、食い気味に返事をする。まだ日にちも告げていないが大丈夫なんだろうか。魔法を使った展示や発表もあるので、と続けようとした言葉はすっかりと引っ込んでしまい、代わりに笑みがこぼれた。

「ええ。今度パンフレットをお送りしますね」

きゃっきゃとはしゃぐ彼らはまるで子どものようだ。悩みを聞いてもらったランカはすっきりとした気持ちで自国へと戻り、すぐに引き出しに入れておいたパンフレットとお礼の手紙をアサドとフィリア宛てに送った。

カウロとアターシャが近づくきっかけにもなる文化祭は、はっきりいって気が重かった。けれどそこにアサドとフィリアが加わるだけでこんなにも気分が軽くなる。

「そうそう、発表ももう少し詰めておかないと」

へこんでいた時間を取り戻すようにランカは調べ物に打ち込み、けれどもカウロへの手紙はコンスタントに送り続けた。大した内容ではない。彼の体調を気遣う文と近況を少しだけ。けれど会えずとも返される手紙さえあればカウロと繋がっていられるような気がした。


「ランカ！」

「ようこそシュトランドラー王国へ」

馬車から降り立った友人の手にはそれぞれパンフレットが握られている。あれから追加でもう一部欲しいと言われたが、このためだったのか。きょろきょろと何かを探すようなアサド王子はきっと今日という日を楽しみにしてくれていたのだろう。自国に興味を持ってもらえた嬉しさから思わず笑みがこぼれた。

「早速ですが、見てみたいところはありますか？」

「その前に、カウロ王子に挨拶したいんだが」

「実は今日、カウロ王子は授業の出し物の方を長く離れられないようなのです。せめて挨拶をと、先ほどまで一緒にいたのですが、トラブルが起きて教室に戻ってしまわれまして。本当に申し訳ないとの伝言を預かっていますわ」

「急に邪魔することになったんだ。カウロ王子にも都合というものがあるだろう。仕方ないさ。だが三年に一度の文化祭なのに、婚約者を放って出し物に？」

「文化祭という舞台は全生徒にとって大切な場所ですから」

「そうか？　実は貴重な時間を俺達に割《さ》いてしまって、二人の邪魔をしてしまったんじゃないかと少し心配でな」

「大丈夫ですよ。事前に伝えてありますし、明日の午後は一緒に回る約束ですから」

「それならいいんだ……」

アサドは心底安心したように胸をホッと撫で下ろした。彼の様子にランカが目を丸くしていると、フィリアはクスッと小さく笑った。

「アサド王子ったらずっとその心配ばかりしていますのよ。私はどちらかといえば、恋のライバルの方が気になるのですけどね」

「時間があったら遠目からでも姿を見ていくか」

「賛成ですわ！」

二人ともそれが心配で足を運んでくれたというのか。シュトランドラー王国や魔法に興味があるというのも嘘ではないだろう。だがメインはどちらかといえばランカの様子を見るためのようだ。目を丸くして驚いたランカはすぐに二人の優しさに触れて頬を緩めた。そこから三人で歩いて回り、興味がある出店にはぶらっと立ち寄っていく。するとアサド王子が一つの出店の前で足を止めた。

「ここは何の店なんだ？」

「射的のようですね。やっていきますか」

「ああ」

アサド王子は射的の道具に興味をひかれたらしい。係の生徒を呼び、事前に買っておいたチケットでの支払いを済ませる。

「こちらに用意された的に魔力の球を当てていただき、当てた的の大きさや数に比例してポイントが貯まっていきます。高ポイントを獲得された方には景品も用意しております。また的当ての道具ですが、杖《つえ》・銃のどちらかをお選びください」

説明を受ければ、アサドは銃を、フィリアは杖を手に取った。二人はそれぞれの道具を不思議そうに眺める。

「魔法適性がない者でも魔法が使えるのか？」

「はい。どちらも魔法道具で、銃は弾に、杖は先端の魔石に魔力が込められております。どちらも本番用は十回、そして試し撃ちは三回までとなっております。詳《くわ》しい説明はあちらで他の生徒が行います。どうぞこちらへ」

係の生徒の案内に付いていく二人に手を振り、ランカは入り口に掲示された説明文に目を通す。杖の方は魔石と似た原理だが、弾丸は長期間の魔力保存に成功したらしい。魔力量にもよるが、最大三ヶ月ほど魔力を留めることが可能なのだとか。

これ何かに使えないかしら？　水魔法や氷魔法は飲み水の確保に使えそうだし、火魔法は着火に使えそうだ。少量の魔力で製作可能であれば、コストを低く抑えることが出来る。特に飲み水はかさばりやすい。そのために魔法使いを乗せている船もあるらしいが、この魔法が実用化されれば荷物をグッと減らすことが出来る。長期間の旅をする商人や旅人をメインに売り出せるかもしれない。食べられる魔石と合わせてウィリアムに伝えようかと思考を巡らせていれば、聞き慣れた声が耳に届いた。

「あっ、ここにあった！　まだ残ってて良かった〜。私、射的得意なのよね。ラッキー！」

「アターシャもやっていくか？」

「ええ。銃を貸してちょうだい」

風のように登場したアターシャは受付でチケットを渡し、荷物を預けると銃を受け取った。そのまま試し撃ちをすることなく台の前に立つと、弾を詰め始める。銃を構えるとすうっと息を吸い込み、パンパンと音を立てて的を撃ち落としていく。高得点を狙っているのか、小さな的に狙いを絞っているようだ。けれど見事にど真ん中を撃ち抜き、見事一度たりともミスをすることなく銃を置いた。

「よっしゃあああ、パーフェクト!!　ねぇねぇ、あれちょうだい」

「あれって、銀色のマジックボックスのことか？」

アターシャはガッツポーズのままぴょんぴょんと跳ねると、景品棚に飾られたとある物を指さした。

鍵穴すらない不思議な箱だ。あまりの地味さにアターシャが欲しいと言い出さなければ、多くの者がその存在に気づくことすらなかった。ランカとて見逃していた。けれど存在を認識してしまえば、彼女が欲しがる意味を一瞬にして理解する。

「そうそう。百ポイント以上の景品だからいいわよね？」

「いいけど、それ、古代魔法研究会の奴らが解析すら通らないからお手上げだと寄越してくれたもんで、飾るくらいしか用途がないと思うぞ？　他にもいろいろあるから、例えばカラーリングなんてどうだ？　目や髪の色が変えられるぞ」

「ううん、これがいいの。開けられるかどうかは分からないけれど……誰かの手に渡る前に私が回収しないと」

鍵穴の見つからない摩訶《まか》不思議なマジックボックスは、カウロルートの文化祭イベント中にゲットするものだ。だが射的ではなくスタンプラリーの景品だったはず。それも研究発表と後夜祭の間の時間であったため、二日目のイベントだと思われる。

なぜアターシャは一日早めてこれを回収しに来たのか。ありがとうとお礼を言いながら、預けていた荷物を受け取ったアターシャの手の中には大量の景品が積まれていた。彼女がやって来た時は気づかなかったが、この場所以外の出店でも景品を求めてゲームをしていたに違いない。だが彼女が大事そうに抱えたそれの価値がわかるのは、おそらくアターシャとランカだけ。実際、店員は不思議そうに首を傾《かし》げている。

「こんなの何がいいんだ？」

「いいのいいの。そんなことよりあなた、恋人いたわよね？　後夜祭の夜、空に花を咲かせるから楽しみにしてて！」

「花？　空に？」

「他のイベントもあるから、よろしくね～」

滞在時間はほんのわずか。手をブンブンと振りながら立ち去るアターシャは嵐のよう。スキップして立ち去った。桃色の髪が今日もよく目立つ彼女は明日、特別なものを見せてくれるらしい。ランカはアターシャの進んだ方向を見つめながら呆然《ぼうぜん》と立ちすくむ。

「彼女の腕、凄《すご》かったな。俺なんて小さい的は一つも当てられなかったのに、あんなに易々《やすやす》と」

「なんだか手慣れているように見えたわ。何者かしら？」

「彼女です」

たったそれだけで二人は察してくれたらしい。パチパチと瞬きをしてから、止めていた息を吐き出すように呟いた。

「想像していた子と全然違ったけれど、パワフルな子ね」

「ああ」

三人並んで遠くを見つめたが、彼女の背中はもうどこにも見えなかった。けれどそれからも二人は彼女のことが気になるのか『アターシャ』の名前を耳にする度に、どこからか取り出したノートにメモを取り始める。パンフレットにも赤で丸をつけていったりして、さながら刑事ドラマのよう。けれど二人の顔は真剣そのもので、なぜだか微笑ましい気持ちになってしまった。魔法分野に興味がある二人だったが、今日はどこかいつもと様子が違うようだ。ランカが展示ばかりではなく、魔法道具発表もあるといくつかの出店を提案してみたものの、フルフルと首を振った。二人はアターシャに関する情報収集をしつつも、事前にチェックを入れていたランカやカウロの展示発表を見て回った。そしてここでも何やら熱心にメモを取る。一体何がそこまで二人の興味を引き付けているのだろうか。ランカは首を傾げながらも、真剣な二人を見守った。途中、カウロのいる教室にも立ち寄ったのだが、魔法道具の調整で席を外しているらしく、会うことは出来なかった。

「喉、渇きませんか？」

「そういえばここに到着してから何も飲んでないな」

「私、そこのジューススタンドで買ってきます。何がいいですか？」

「そうね、私は……」

そこまで言って、フィリアはピタリと足を止めた。そして遅れてアサドも。二人は驚いたように目を見開いていた。何か変なものでも見たのだろうか。二人の視線を辿って、すぐに理解した。

「アターシャはベリージュースでいいんだよな」

「はい！　なんかいつもすみません」

「気にするな。君にはいつも助けられているからな、そのお礼だ」

「なら遠慮なくいただいちゃいますね」

「ああ」

人が沢山いる場所で、おそらくアターシャ達にはランカの姿は見えていない。けれど二人の会話はしっかりと耳に届く距離にいた。彼らにとってはなんてことない会話なのだろう。けれどこの短い会話の内容ですら、二人の積み重ねてきた関係が見えてしまう。飲み物のカップを手に遠ざかっていく二人の距離は以前見かけた時よりもずっと近い。いつの間にボディタッチまで許したのだろうか。さりげなくアターシャがカウロの腕に触れる姿に、キュッと喉が詰まるような息苦しさを感じる。カウロは明日の発表後、後夜祭まで一緒に過ごすと約束してくれた。真面目な彼のことだ。その言葉に偽りはないのだろう。だがその時間は本来、アターシャと過ごすはずの時間だったのだ。ゲーム内でカウロが悪役令嬢の相手をするのは彼が発表に向かうまで。シナリオを歪《ゆが》めた罪が胸を突き刺す痛みとなってランカに降りかかる。

「ランカ……」

アサドの声にハッとする。今は落ち込んでいる場合ではない。二人の案内の途中だったのだ。

「あ、えっと、すみません。飲み物でしたよね」

精一杯の笑顔を作って振り向けば、アサドは悲しそうな表情を浮かべていた。

「俺達の前では無理しなくていい」

「無理なんてそんな……」

ランカは言い訳をしようとしたが、小さく首を振るフィリアに喉まで出かけていたはずの言葉が泡のように消えていくのを感じた。そこから何も言えぬまま、適当に買った飲み物で喉を潤した二人を馬車乗り場まで見送った。最後には「楽しかった」と言ってくれたが、本当に満足のいく案内が出来たかどうかは怪しいものだ。だが悔やんだところでもう遅い。次にまたシュトランドラー王国を訪問してくれる機会があった時こそは最高の観光案内をするだけだ。それに今のランカに過ぎた出来事ばかりを考えている時間はない。

この文化祭において、一番気合いを入れなければいけないのは明日だ。

研究発表自体はアクシデントでもない限り、いつも通りの自分を出せるはず。気にするべくはその後、カウロとの時間である。けれど二人に背中を押してもらったランカは自分なりに果敢にアタックする予定だ。

「大丈夫。だって約束してくれたもの」

胸をトントンと叩きながら不安を落とす。すると今度は遠足を翌日に控えた子どものようにそわそわしてしまい、屋敷に戻ってからは気を落ち着けるために一心不乱に発表原稿の粗探しを開始する。何度も目を通したそれに間違いや提示すべき情報が不足しているなんてことはない。そんなこと頭では理解しているはずなのに、確認を止めることは出来ずに一夜を過ごした。

明け方、さぁっと降った小雨が少しだけ頭を冷やしてくれた。使用人に冷たい水を用意してもらい、勢いよく顔にかけたランカは小さく頬を叩いた。

「よし、行こう」

まるで戦にでも行くかのような面持ちでランカは学園に向かった。午前中は軽く学内を見て回った後、参加者用に用意された待機室の一つで最後の確認をして過ごす。名前を呼ばれたランカはお茶で軽く喉を潤してから壇上に立った。それからはいつも通り。一晩寝ずに過ごしたことなど気づかせないほど立派な発表を披露した。そして自分の出番が済んだ後、今度は観客として会場に紛れる。ランカの三つ後がカウロとアターシャの発表だったのだ。

「新たな魔石の加工技術について発表させていただきます」

真面目な表情でそう切り出したアターシャは袖口から上下に大きく口の開いた機械を運び込んだ。そして説明を進めながら、カウロと協力して作り出した魔石をポンポンと投げ込む。ゴトゴトと音を立て、もう一方の口からは何が出てくるのかと期待の眼差《まなざ》しが集まる中、カウロは観客に問いかけた。

「今から皆様に枯れることのない花をお見せいたしましょう」

わざとらしいほど丁寧な礼をし、透き通った一輪のバラを取り出した。二人が先ほど作り出した魔石と全く同じ色をしたそれに観客達は熱狂し、講堂内は歓声で包まれる。それから彼らは次々と魔石アートを作り出してみせる。犬に猫、棒付きキャンディにティーカップとポットのセットまで様々だ。

彼らの発表が終わるとすぐに会場の一部は空洞となる。向かう先は聞かずとも分かる。生徒の待機室だ。我先にと提携する権利の獲得に向かったに違いない。

カウロとアターシャの元に足を運べば、予想通り、部屋のドアが閉まらないほど大勢の大人達が押し寄せており、乙女ゲームとは別の形でカウロとの時間は潰れてしまうこととなった。

文化祭二日目終了アナウンスが流れてしばらく経った頃にカウロはランカの前に現れた。そして勢いよく頭を下げた。

「本当にすまなかった」

「カウロ王子が謝られることではありません」

「だが……」

申し訳なさそうに眉を下げたカウロはそのまま視線を机の上に動かす。数種類の食事や飲み物が並んでいる。どれも待機所にずっと居座っていたランカの元に届けられたものだ。カウロ待ちであろうと察した生徒や先生達が差し入れてくれたのだ。もちろん一度断りはしたものの、発表成功祝いと言われては断ることも出来ずにありがたく受け取った。おかげでお腹が空くこともなければ喉が渇くこともない。

昨日アサドとフィリアと共に学園を一日中回ったため、文化祭を楽しめなかったなんてこともない。それにこればかりは仕方のないことだ。そもそもカウロだって予定を他者に狂わされてしまっている。カウロとずっと一緒にいたであろうアターシャだって午後の予定があったはず。

だがあの時間は青春のひとこまと比べても価値のある時間なのだ。確実に、一人の人間の未来を決める大きなパーツとなる。途中で切り上げることは出来ないことくらいランカだってわかっている。

「それだけお二人の発表が素晴らしかったということですわ。私もすっかり見とれてしまいました」

次々と作り出されたものを思い出しながら思ったままを告げれば、カウロの目は光を取り戻す。

「本当か!?」

「はい」

「実はこの日のために何度も試作を重ねて……」

前のめりになるカウロだったが、その声に被さるようにアナウンスが流れた。

「これより後夜祭に突入します。ただいまから後夜祭終了まで有志による打ち上げ花火を開始します」

「皆様、こんにちは。アターシャ＝ベンリルです。清々《すがすが》しいほどの快晴で、星の浮かぶ空に今、ホッと胸を撫で下ろしております。ただいまよりこの綺麗な空に花を咲かせてみせましょう。楽しい青春のアルバムの一枚として記憶に残るものになれたらと思います。また形に残るものとして、午後に私とカウロ王子が発表させていただきました技術で作成した魔法の花を会場内に散らしてみました。数に限りはありますが、摘み取ってお持ち帰りいただけますので、是非探してみてください」

アナウンスが切れるのと同時に、空には大輪の花が咲く。窓から見えたそれはランカにとって前世ぶりの花火だった。青を中心に作られた花はすぐに空に溶けて消える。どんな花よりも寿命が短く儚《はかな》き花。けれどたった一瞬で人の心を掴むのだ。

「綺麗……」

「花火を夜空に、そして魔法の花を学園に咲かせたいと彼女から言われた時は驚いたが、綺麗だな」

「カウロ王子はこのことを知っていたのですか？」

「ああ。学園の至るところに咲かせた花の一部は私が作ったものだ。彼女が、ランカは絶対に喜ぶからと」

「彼女って、アターシャ様ですか」

「ああ、二人で直前まで調整していたんだ。だからこうしてランカの喜んだ顔を見れてホッとした」

「っ、ありがとうございます」

ふわっと笑うカウロは一ヶ月ぶりだ。最近見ていなかったからか、凄い破壊力だ。ランカの胸はバクバクと動き出し、顔は赤く染まる。

「作るのに協力はしたが、どこに隠されているのかまでは知らないんだ。ランカさえよければしばらく花火を楽しんだ後で、一緒に探しに向かわないか」

「ええ、是非」

差し入れを分け合いながら、夜空を眺めれば会えない時間が少しずつ埋まっている気がする。花を探しに行こうと手を差し出されれば喜んで手を重ねた。

——けれど運命は悪役令嬢には優しくないらしい。部屋を出た途端、額に汗を溜めた生徒達に囲まれた。

「カウロ王子！　発表に使用した魔法道具が熱暴走を起こしています。確認していただけませんでしょうか？」

「なんだって？　今行く。ランカ、すまない。すぐ戻ってくるから待っていてくれないか？」

「もちろんですわ」

ほんの一瞬の出来事だった。カウロが連れ去られ、一人になったランカは部屋に逆戻り。今まで綺麗に見えた花火も一気に色あせて見えてしまう。後夜祭が終わるまで打ち上がる花を見つめて過ごしたランカの元にやってきたのはカウロではなく、彼から伝言を預かった別の生徒だった。

「王子だけでは抑え込むのに時間がかかりまして。もう少しでアターシャが加わるのですが、その……まだ時間がかかりそうとのことで。これ以上待たせる訳にはいかないから、ランカ様には先に帰っていて欲しい、と」

「そう。ありがとう」

申し訳なさそうに何度も頭を下げる生徒にお礼を告げたランカは部屋を片付ける。そこでドアの陰に一輪の花が置かれているのを見つけてしまった。

アターシャの髪と同じ、ピンク色のコスモスの花が。

ランカは枯れることも形が崩れることもない一輪の花を置き去りにすることも出来ず、そのまま持ち帰った。自室に飾り、また会えない日々に逆戻りしてしまった関係の愚痴を花にこぼす。

「やっぱり私じゃダメなのかな？」

弱音をこぼしても返事を返してくれるはずがなく、不安ばかりがランカの胸に溜まっていく。以前読んだ異国物語に登場した騎士のように、愛する人の幸せを喜ぶべきなのだろうか。痛む胸を押さえながら涙をこらえる日々。

ろくに会話も出来ぬまま季節も学年も変わってしまった。後夜祭での出来事は魔法で作り出された幻影で、あの日の彼は花火と共に夜に溶けて消えてしまったのではないか。そんな考えが頭に浮かび出してから気持ちは沈んでいく一方だ。

灰色に染まりつつあったランカの世界を壊したのは、父から告げられた言葉だった。

【四章　悪役令嬢とエンディング】

「お父様。申し訳ありませんが、もう一度言っていただけますか？」

「アウソラード王国のアサド王子がランカを側妃として迎えたいとおっしゃっている」

朝食後、父から後で書斎に来るようにと呼び出された。その段階で心の準備をしていた。おそらく婚約関係の話であろうとも予測はしていた。国王陛下から投資家や資本家達との婚約を打診されてからというもの、どこから聞きつけたのか、ランカの元には大量の手紙と贈り物が送られてくるようになった。国内外問わず投資家や資本家達がランカとの縁を望んでいるという話は嘘《うそ》ではなかったのだ。

彼らからしてみれば、婚姻まで取り付けられずともアプローチをすることで名前を知ってもらうきっかけにはなると考えたのだろう。何割が本気でランカとの結婚を望んでいるのかわかったものではない。

本気が見えてこないのは、未だランカ本人がカウロとの婚約解消を承諾していないというのも大きい。首を縦に振れば、腰を上げる者も少なからず出てくるはずだ。カウロの次の婚約者は今頃見つかっているのだろうか。ランカがなかなか承諾しないから次に進めないだけとわかっていて、目を逸《そ》らし続けた。投資が忙しいのだとポーズまで取って。だからそろそろ痺《しび》れを切らした誰かがアタックしてきたに違いない、と考えていた。

時間切れと諦めて、潔《いさぎよ》く舞台から降りる時が来たのだろう。けれどまさかアサドが名乗りを上げるなんて、一パーセントも考えていなかった。彼だけはあり得ないと初めから名前を外していた。アサドにはフィリアがいるから。彼らはランカの気持ちを少なからず察してくれていたはずだ。なのに、なぜ……。聞き間違いであって欲しかった。

冷静を保つことが出来ず、泣きそうな顔を父へと向ければ、スッと目を伏せられる。

「検討して欲しいとのことだが、何か不満があるなら直接聞いてみればいいのではないか？」

「はい」

アサドは友人だ。他の参戦者達とは違い、何か意図があるはず。わからなければ直接問いただせばいい。アサド達はきっと意地悪せずに教えてくれる。そういう人だから。

ぺこりと頭を下げ、すぐに御者を呼びつける。

「アウソラード王国へ行くわ！」

身支度を整え、馬車に乗り込む。到着するまでの数刻が妙に長く感じた。手にはぐっちょりと汗が溜《た》まり、気持ちが悪い。拭《ぬぐ》っている間ですらじわっと溢《あふ》れる。面倒くさくてハンカチを握りしめれば、少しだけ楽に思えた。いっそジメジメとした気分も吸い取ってくれればいいのだが、さすがにハンカチにそこまでの機能はない。

早く早くと気ばかりが急《せ》きながら、遠くを見つめた。景色は次第に緑へと変わっていき、ギリギリ肉眼で捉えられる場所には砂漠もある。もうじきアウソラード王城に到着する。慣れた景色を脳内のものと合わせながら、残り時間のカウントを開始する。

「ランカ様」

御者が出してくれた踏み台を音を立てて踏みつけながら、大股で舗装された道を闊歩《かっぽ》した。すでに門番から話を聞いているらしい使用人達は「ようこそいらっしゃいました」とお辞儀で迎えてくれる。いつも通りの歓迎。だがランカは淑女らしい対応を取ることが出来なかった。

「早かったな。今、お茶の用意をさせよう」

アサドは奥から人なつっこい笑みを浮かべてゆっくりと歩み寄る。馬車の中で何度と繰り返したシミュレーションの最善の手を取ろうと、ツカツカと詰め寄った。けれどランカの口から飛び出したのは『貴族の淑女らしくない質問』だった。

「側妃にってどういうことですか？」

「落ち着け、ランカ」

どうどうと両手を押し出して、諫《いさ》めるようなポーズを取る。ランカがプラッシャー屋敷を飛び出してからゆうに数刻は経過している。馬車の中でぐるぐると思考を巡らせ続け、熱くなるばかり。我慢するのも限界だった。

「これが落ち着いていられますか」

アウソラード王国がいくら急成長を遂げたとはいえ、力をつけたのは最近の話。なのに王族が他国の王子の婚約者を奪うようなマネをするなんて、喧嘩《けんか》を売っているようなものだ。

投資家や資本家達ならまだ分かる。彼らはしがらみが少ない。ランカの携わる投資と絡めて近づいてくれば後ろ指を指されることもない。他国の貴族達だってアプローチの仕方を考えて、あくまでお茶会や夜会の誘いという体《てい》を取っている。けれどアサドは違う。ストレートに正面から攻めてきたのだ。『側妃にしたい』――この状況でその言葉の発言力がどれだけ大きいかを理解していないはずがない。だからこそランカは困惑した。

お茶の前に訳を話してくれと詰め寄っても、アサドは「ちょうどランカに飲んで欲しいハーブティーがあってな」と足を進めてしまう。話は客間で、ということか。渋々アサドの後ろを歩き、先導されるがままに部屋へと入る。

「ランカ。いらっしゃい」

「お邪魔しています」

遅れてやってきたフィリアもふわふわと微笑《ほほえ》むだけ。とても愛する男が側妃を娶《めと》ろうとしていると は思えない。やはり何か裏があるのか。出されたハーブティーをすすりながら、小さく息を吐く。口の中で果実特有の甘さが広がった。今回はハーブティーとフルーツを合わせているようだ。アウソラード王国では果実は非常に高価だ。保存に適した乾燥果実を使用したのだろうか。売り出すのならシチュエーションも考えなければと頭を働かせて、ハッと気づく。今日はハーブティーの試飲に来たのでも、投資の話に来たのでもない。側妃として娶りたいとの申し出の意味を聞きに来たのだ。

顔をあげれば、アサドと目が合った。漆黒の、闇夜のような色。けれど温かみを感じる。少し視線を右にずらせば、隣のフィリアも同じ瞳をしていた。ハーブティー効果か、少しだけ冷静になることが出来た。カップを置き、スウッと深く息を吸う。利益欲しさに縁を結びたいのではないだろう。他の人達と違って、彼らには今さらそんなことをする必要がない。けれど同時に、もしも断罪された場合この国で暮らせるなら、他の人の元に行くくらいだったらこのまま……と頭によぎる。それでも真意を知らぬまま諦めるほど、ランカは弱くない。

投資を始めたことで、シナリオと関係ない場所にはどこまでも図太く、貪欲になっていた。恋情が絡めば一気にもろくなるのが玉に瑕《きず》だが、アサドとの間に恋愛感情が発生することはない。だから心を決めて前を向く。大丈夫、彼らは意地悪なんてしない。ちゃんと話してくれるはずだ。

「お話を、聞かせていただけますか？」

真《ま》っ直《す》ぐ見据えれば、二人は同時に笑みをこぼした。

「私達はランカに感謝している。一生かかっても返しきれないほどの恩がある。ずっと何か恩返しが出来ればと、そう考えていた。アウソラードの王子は風除《かざよ》けくらいには使えるだろう。存分に利用してくれ」

「風除けって……」

「本当はランカ様が言い出すまで待つつもりでしたのよ？　けれど何も言ってくれないから」

「友人を利用するなんてそんなこと出来るはずが」

「協力は惜しまないと言ったはずだ」

「え？」

「ランカの力になれるなら、カウロ王子に睨《にら》まれても笑ってみせるくらい苦じゃないさ。もちろんランカが望むのならば、本当に側妃として迎えても一向に構わないが」

ははははと豪快に笑いながら告げるアサドと「当て馬なんて楽しそうだわ」と赤らんだ頬を両手で挟むフィリア。本当にいい友人を持ったものだ。

「ありがとう」

ランカは深く頭を下げる。二人は何も告げることはない。お茶を口にしながら「新作はどうアプローチしていくか」と呟《つぶや》くだけ。彼らにとって、ランカは負担になるような相手ではないのだ。

わざわざ矢面に立って、背中を押してくれた。逃げ道まで作ってくれるなんてありがたいオプションまで付けてくれて。ここまで来れば、投資を始めた当初の目的は達成されたも同じ。路頭に迷う心配はない。

なら玉砕覚悟でカウロへと想いを伝えてもいいのではないか？

失うものは初めて抱いた恋だけ。割れた玉は元には戻らないけれど、散った花はいつか新しい蕾《つぼみ》をつける。言わないで後悔するくらいなら、ちゃんと伝えたい。手を握りしめ、ランカはシナリオをねじ曲げる覚悟を決めた。

「またいつでも顔を見せてね」

「手紙でも構わない」

ひらひらと手を振って見送ってくれる二人に「お茶美味《おい》しかったわ」と告げ、アウソラード王国を後にする。行きとはまるで違う。ここ数年の心の重みが全てなくなったかのような軽さえある。足をふらつかせながら笑みをこぼすランカはとても失恋を覚悟したとは思えない。幸せを噛みしめながら輝いた目を未来へと向けていた。

シュトランドラー王国に帰国してからすぐにカウロに宛てた手紙を出した。なんてことない近況を綴《つづ》ったもの。そこにお茶をしませんか？　と誘いを添えた。

最近はランカがカウロを避けるように投資に力を入れているため、顔を合わせる機会といえばお茶会か夜会と限られていた。学園でも受講科目の違いからあまり共に過ごすことがない。けれど婚約者なのだ。ここぞとばかりに距離を詰めたい。嫌われるかも、なんて恐れる必要もない。アターシャのようにとまではいかずとも積極的なアプローチを行いたいところだ――なんて思っていたのに。

普段なら遅くとも数日中には返ってくる手紙は一週間後に届いた。その間、学園でカウロの姿を見つけても授業が終わるとすぐに馬車へ乗り込んでいた。近々行われる夜会やお茶会はなかったはず。なのに彼は忙しそうだ。手紙には最近王子として国務に一層励んでいるのだと書かれていた。王子としての務めと聞いては無理に接触を図ることは出来ない。今まで投資に理解を示してくれていたカウロの邪魔をしたくはなかった。はやる気持ちを抑えて、一段落着くまで見守ることにした。

アサドから側妃にとの申し入れを受けてからというもの、婚約者候補達からの手紙と贈り物は順調に数を減らしていた。勝ち目がないからではなく、アウソラード王国の王子の機嫌を損ねたくないからだろう。彼の言葉通り、側妃宣言は風除けとしての効果を十分に発揮していた。そのおかげでランカはカウロにだけ意識を集中出来る。

カウロと顔を合わせてゆっくりと話すのは久々だ。何から話そうかとワクワクしながら話題を探し、真っ先にランカの頭に浮かんだのは最近学園で噂《うわさ》となっている不思議な花だった。

「学園の花壇に見知らぬ花が咲いたとの噂をご存じですか？」

噂によると大変美しい紫色の花を咲かせるらしい。種子の部分は大きく膨れており、花の花弁と同じくらいのサイズがあるのだとか。つい数日前に噂を耳にしたランカだったが、一度目にしておこうと足を運んだ時にはすでに回収された後だったのだ。

「ああ。なんでも国内でもごく一部にしか咲かない花が咲いたのだとか」

「不思議ですわよね」

「とある生徒が持ち込んで、勝手に植えたらしい」

「そうなんですか？」

「胃薬になるらしい」

「胃薬……」

生育地域は他の学生から聞き出すことに成功したため、後日足を運ぼうと考えていたが、まさか実用目的とは……。薬物に詳《くわ》しい家系の生徒なんていたかしら？　頭に入っている貴族リストには該当がない。そうなると商人だろうか。ランカの投資先には薬物関連や薬師・医師はない。アターシャとどこで接するかわからないと医療関係は避けていた。だが気にする必要がなくなったからには、一度お話をしてみたいものだ。

意外とアターシャ本人だったりして……。彼女がシャベルを片手に種を植える姿を想像して、案外似合うなと笑みがこぼれた。その後もなんてことない会話を繰り広げ、屋敷の前でカウロを迎えにやってきた馬車を見送った。

手が届く距離にいるのに。思いを伝えたいのに。カウロの負担にはなりたくない。それでもどこかで落ち着くタイミングはあるはずだ、と自分に言い聞かせた——けれど現実は残酷だった。

カウロとお茶をしてから二週間ほどが経過した日のこと。彼からの手紙に浮かれたランカは、封筒を開いてすぐ固まってしまった。まるでランカを嘲笑《あざわら》うかのように便せんの上に鎮座するとある国名に見覚えがあったからだ。

「嘘、でしょ……」

長期期間の休みで訪れるらしい。国務の一環でランカと会えなくなるのは寂しいと綴られていたが、思いやりの言葉はランカの涙でにじんでいる。

「まさかここまで進んでいるなんて」

とある国――リュサラード皇国はカウロ王子ルートのイベント発生場所にして、最大の山場でもある。カウロとアターシャはデート中に見つけた、箱状の魔法道具を開くために必要な鍵となるアイテムを求めて海を渡る。リュサラード皇国近海でしか採れない貝がアイテム生成に必要になるのだという。かの国は閉鎖的な海国で土を踏むには厳しい審査が必要となるのだが、リュサラード皇国第一皇子の病を治す手段を持つ者は違った。薬師や医師は特例として入国を許可されるのだ。見事に病を治すことが出来れば褒美をもらえる。この話を聞いたアターシャは自分の持つ癒やしの力ならば皇子の病を救えるのではないか？　と立ち上がる。そして癒やしの力を駆使して、アターシャは見事に皇子の病を癒やすことに成功するのだ――ここまではカウロルート共通シナリオだ。以降はこれまでの好感度パラメータが重要視される。

一定値を下回っていれば褒美としてリュサラード貝のみをもらって帰国する。だが他のアイテムが集まらずに箱は開かない。ノーマルエンドへの道を辿《たど》ることとなる。けれど一定値以上であればリュサラード貝の他に、リュサラード皇国でしか採れないシーダイヤモンドを渡される。二国間の友好の証《あかし》は魔法道具に入っていた鉱石と合わせて指輪に加工し、プロポーズでは百本のバラと共に贈られることとなる。

アターシャがノーマルエンドに進もうが、ハッピーエンドに進もうが、カウロ王子ルートがエンディング間近であることだけは確かだった。手紙にはアターシャの名前は記されていないが、用事も記されていない。リュサラード皇国はゲーム同様、閉鎖的な国で、現在薬師や医師を集めている。シュトランドラー王国が医師や薬師を送ればランカの耳に届かないはずがない。つまり私的な用事、もしくは水面下での行動である可能性が高い。すでにカウロ達はリュサラード皇国行きの船に乗っていることだろう。

「もっと早く自分の気持ちに正直になれていれば」

アサド達が初めに背中を押してくれた時点で足を踏み出せていれば、何かが変わったのかな。悔しさとやるせなさ。押し寄せる感情をこらえきれずに手を握りしめれば、手紙の端がぐしゃりと小さな音を立てて丸まった。慌てて直してもしっかりと皺《しわ》がついてしまっている。

この次にカウロから送られてくる手紙は婚約解消について書かれたものかもしれないのに……。涙をぽろぽろとこぼしながら手紙を綺麗《きれい》に畳むと封筒へと戻した。引き出しの中からレターボックスを取り出して、一番上に置く。プラッシャー家から追い出される時には持って行くつもりだ。コスモスの花冠と同じくらい、大事な宝物。思い出がぎっしりと詰まった宝箱にはランカの後悔が降り注いだ。けれど同時にどうせ終わるのならば、完全に玉砕してから終わらせてもいいのでは？　との考えがよぎった。後悔すらも湧かないほどに切り捨てられればうじうじと悩むこともない。

ひどく後ろ向きで、それでいて前向きでもあるアイディアだ。断罪後に備えているだけでは浮かぶことすらなかっただろう。けれど今のランカにはアサド達がいる。彼らの顔を思い浮かべるだけで暗い気持ちはしゅわしゅわと泡のように解けて消えていく。

「玉砕覚悟で挑もうと決めたのに立ち止まったらダメよね。どうせなら今までの伝手を総動員して、門出に相応《ふさわ》しい品をプレゼントしよう」

涙を拭って立ち上がったランカの瞳にはもう迷いなどなかった。

◇　◆　◇

アウソラード王国の王子がランカの相手にと名乗りを上げてから、カウロは今まで以上に焦っていた。悠長にしていたらすぐにでも奪われる。真面目なランカのことだ。卒業まではしっかりと学園に通うことだろう。だがシュトランドラー王国に留まるとは限らない。婚約者という立場さえもなくなれば数少ない接点さえも失ってしまう。手紙のやりとりくらいは続けられると思うが、婚約者相手と出身国の王子に宛てたものではまるで違う。背筋には冷や汗がダラダラと伝い、気持ちばかりが急いていく。

後夜祭で想いを打ち明けることが出来なかったというのも、焦る要因の一つだ。仕方のないことだと理解はしている。だが納得出来るかと言われれば別だ。あの時に想いを告げられていたのならば、アウソラード側からの申し出を受け入れるつもりはあるのかを遠回しにでも尋ねることが出来た。だが過去を悔いたところでもう遅い。

「アサド王子が与える利益以上のものを提示しなければ……」

今までは、成果さえ出せば婚約解消の話はなかったことに出来ると高を括《くく》っていたのかもしれない。けれどここまで来てしまったのならば、他国との繋《つな》がりをより強固にするくらいやってのければなるまい。気持ちばかりが急くが、答えは見当たらない。

どうすればよりランカに相応しい相手になれるか。彼女が築き上げてきた功績に押しつぶされそうになりながらも、カウロは必死にもがいた。そんな時、一筋の光が差し込んだ。

「ランカ様のことで何かお困りですか？」

「アターシャ」

三日月のように口角をあげながら手を差し伸べてきたのはアターシャだった。花畑で会った日を境に熱烈なアピールを止めた彼女は、長期休暇が明けてすぐに他の生徒達との交流も図るようになった。元々どんな相手にも癒やしの力を存分に振るってはいたものの、一人の生徒として輪の中に溶け込むようになったのだ。あまりの変化に戸惑う者もいたが、馴染むまでそう時間はかからなかった。カウロとも度々挨拶や世間話をする関係に落ち着いていた。

アターシャはランカに興味があるらしく、会話の半分以上はランカについてだった。彼女の欠点を突き止めようなんてほのぐらいものではない。好物や好きな色、誕生日に趣味などを聞いてはメモを残し、時にはカウロにプレゼントのアドバイスをする。文化祭の準備中にポロリとランカとの距離を縮めたいとこぼせば、わざわざ花火を打ち上げ、魔法の花を学園中に散らしてくれた。一緒に楽しんで欲しいとの言葉まで添えて。

そこまでしてくれるアターシャだが、何かしら思うところがあるのか『彼女』『婚約者様』と決してランカの名前を出すことはなかった。そんなアターシャがあの日以来、実に二年ぶりに『ランカ』の名前を口にした。どんな意味を持つのか分からぬまま、カウロは「ああ」と短く言葉を返した。

「ここ、座っても？」

「どうぞ」

カウロの隣に腰を下ろし、空を見上げる。ふうっと短く息を吐き出す音が聞こえ、彼女は口を開いた。

「ランカ様、以前にも増して大人気ですよね。最近では隣国の王子様にまで望まれているとか」

アターシャは迷いなく、そして確実にカウロの胸をえぐる。世間話にしては切れ味が鋭い言葉に思わず言葉に詰まる。

「……どこから聞いたんだ？」

「王都で売っているゴシップ誌に書かれてました」

アターシャの言うゴシップ誌には思い当たるものがあった。シュトランドラー王国で一番大きな出版社が発行する雑誌だ。王家や貴族を筆頭とした有名人のゴシップを取り扱っている。半分以上がデマ。残りの半分も情報を面白おかしく盛っている。購読する者の多くは情報欲しさではなく、娯楽の一種として見ており、井戸端会議の話のネタや酒のつまみに絶好なのだとか。アターシャがこの手の娯楽に手を出すとは意外だった。勝手なイメージだが、彼女は根も葉もない噂話を拡散することを嫌う質《たち》だと思っていた。

「君もその手のものを読むんだな」

視線を向けずに呟けば、アターシャは特に気にした様子もなく言葉を返した。

「情報の少なさは視野の狭さにも繋がりますから」

「だが得た情報全てが真実だとは限らない」

「そうですね。けれど私だって取捨選択くらい出来ます。一つで選択出来なければ、他の情報を集めればいいだけ。やはり数は一定数必要となってきます。それに、真実だけを拾う必要なんてないんですよ」

抑揚のない声に、アターシャへと視線をずらせばその顔に感情はなかった。嫌がらせに来た、という訳ではないのだろう。入学したばかりの時のように距離を詰めに来ることはないが、貶《おとし》めるような行為に移るとは思えない。だが、ただ空を見上げている彼女の意図がわからない。

社交界ならば、相手の得たい情報や、相手が利益とするものは何かを考えれば自ずと腹の中が見えてくる。けれどカウロは、隣の少女が望むものを知らない。良くも悪くも、アターシャとは適度な距離を保ち続けてきた。アプローチの際も彼女は自身の力を売り込むだけだった。就職活動の一環と思っていたそれも、今では『本当に彼女が求めていたのは職か?』と聞かれれば迷わず頷《うなず》ける自信がない。

「何が言いたい？」

「私がカウロ王子に声をかけたのはゴシップ誌の情報を手に入れたからだけではなく、ここ最近の王子の様子がおかしかったから。いいえ。私は何かあると感じたから情報を集めたんです。そして得た情報が真実であろうとそうでなかろうと構わないと決断した上で王子に声をかけました」

「目的は？」

「カウロ王子の手助けさえ出来ればそれで」

「それ以上は何も望まないと？」

卒業前のタイミングで恩を売りつけるのが目的か。だが周りの視線などお構いなしに真っ直ぐと突き進んできたアターシャが、そんなに回りくどいことをするだろうか？『アターシャ＝ベンリル』という少女について持ち得る情報を総動員して、頭をフル回転させる。

「いえ、望みますよ」

世話好きで、誰にでも癒やしの力を使用する風変わりな女子生徒。一見誰にでも手を差し伸べているようだが、カウロがアターシャを目撃する場所はたった一回を除いて学園内と限られている。カウロへのアプローチを抜きにしても、学園内にいる者の多くは貴族。地位のある者だ。それ以外も平民とはいえ、大きな商会の子息であることが多く、それなりの地位と金は有している。そこに下心はないと断定することは出来ない。見方を変えれば、カウロの中に存在するアターシャ像も顔を変える。

彼女は一体何を望むのか。湧き上がった興味を満たすために問う。

「地位か？　金か？」

やや意地悪な質問をアターシャは軽く鼻で笑った。

「そんな後からどうとでもなりそうなものいりません。私が望むのはそれよりももっと大事なもの。それを手にするために、私は王子の手助けをしたい」

アターシャにとって『地位』と『金』はさほど重要ではないのだろう。後からどうとでもなるとは、貴族達が聞いたら卒倒しそうな言葉を彼女は平然と言ってのけた。

「『それ』とはなんだ」

金や地位以上の価値がある『それ』とは一体なんのことか。『王子への恩』とでも言い出したらその時はさっさとこの場を立ち去ろうと考える。けれどアターシャの返答は予想もしていなかったものだった。

「スチルです」

「は？」

丸く見開いた目でアターシャを凝視する。スチルとは写真のことか？　地位や金よりも重要なものが写真だなんて意味が分からない。何かの隠語として使っている？

「だからスチルです。私はカウロ王子とランカ様の結婚式スチルが見たい」

「君は、写真のために手を貸すと？」

意味が分からない。少なくともカウロには、アターシャがカウロとランカの結婚写真を欲する理由が分からなかった。それに地位や金以上の価値があるのだろうか？　理解が追いつかないカウロに、アターシャは未来を見据えるように目を細めて告げる。

「もっと欲を言えば静止画ではなく実際起きているところを目にしたい」

「君は……」

冗談めいた言葉だがその目は爛々《らんらん》と輝いていて、カウロの知っているアターシャのものだった。嘘を言っているようには見えない。彼女は『スチル』こそが地位や金以上の価値を持つものであると確信している。ならばカウロが口を出すことなど出来やしない。アターシャらしい――その言葉で事足りる。

やはりアターシャとランカはよく似ている。いつもカウロが考えもしないものに手を伸ばし、楽しげに笑うのだから。アターシャは腰を上げ、カウロの前に膝をつく。手を伸ばし、真剣な眼差《まなざ》しを向ける。

「私は私の欲のためにあなたに手を差し伸べたい。だから王子は私を利用してください」

「利用、か」

「私、実は癒やしの力を持っていまして」

にっこりと微笑むアターシャは商人のよう。売り込むのは希少価値の高い自分の能力。二年前と同じものを提示されているが、カウロは学園に入学してから、幾度となく彼女の力を目にしてきた。力の強さは折り紙つきだ。深く知りもしないのに、素直に話を聞いてしまえるほどの信頼もある。

「知っている」

「それを交渉道具にしませんか？」

「交渉？」

「はい。リュサラード皇国が薬師や医師を集めているという話はご存じですか？」

「ああ」

「皇子の病を治せた者には褒美が与えられることも」

「まさか！」

「私なら十秒で治せます。だから貿易権を勝ち取るために一緒に海を渡りましょう」

十秒、数えてもらっても結構ですよ？　とにんまりと笑うアターシャ。彼女が与えてくれたチャンスを逃せば、もう二度とランカに届くことはないだろう。腹を決めたカウロは差し込んだ光に手を重ね「よろしく頼む」と頭を下げた。


リュサラード皇国までは最短でも片道三日はかかる。どの程度滞在するか。そもそも一度目の訪問で入国させてもらえるかは未だ不明だ。だからカウロとアターシャは長期休暇まで待って旅立った。国王には事情を話して社交は最低限に控えてもらった。

「社交自体は構わないが、不在期間中にランカが誰かの申し出を承諾した際には止めないぞ」

「それでも構いません」

国王の言いたいことは分かる。社交を制限するということは、同時に婚約者であるランカとの距離を置くということでもある。社交を制限するにあたって国務という形を取ってくれるとはいえ、見限られる可能性もある。それでもカウロにはこの計画に賭けるしか道が残されていなかった。

ランカに相応しい男になりたい。そのためにアターシャの力を利用することにしたのだから。やるからには必ず貿易権を手にするつもりで、シュトランドラー王国のデータをまとめた資料を作成した。この二年間で様々な場所を見て回った。書類だけでは見えなかった部分も目《ま》の当たりにし、シュトランドラーという国を見れたような気がする。

シュトランドラー王国はアウソラード王国のような強いカードは所有していない。代わりに国内でも地方によって気候がまるで違うため、様々な農作物を生産している。広大な土地を保有しているため生産量も多い。またランカの投資活動のおかげで工芸品の生産も活発化している。この二点はシュトランドラー王国の強みである。魔法使いの派遣や留学生の受け入れなどもアプローチ出来ればと思い、資料は持参している。だがリュサラード皇国について得られた情報は少ない。文化や食生活ですら謎に包まれている。だからこれらが売り込めるかどうかは、実際に交渉段階まで持ち込まなければ明らかになることはないだろう。それでもアターシャの力だけを頼りにするつもりはなかった。癒やしの力は彼女にしか使えないが、それ以外ならカウロだって出来るのだから。

出来ることは全力で。そうでなければ胸を張ってランカへと手を伸ばすことは出来ない。今まで生きてきた十八年間での一番の大舞台。失敗する訳にはいかないのだ。ランカへの手紙にリュサラード皇国に行くことを綴ったのは意思表明の代わりだった。必ずかの国との繋がりを獲得して帰る。だから待っていて欲しい。記すことの出来ない気持ちを添えて、封をした。

「準備は出来ていますか？」

「ああ」

出発の日、城に訪れたアターシャは小さなリュックサックを背負っていた。少なくとも七日はかかるというのに、荷物はそれだけ。聞けば着替えは全てそれに詰まっているのだという。いささか少なすぎやしないか。

「他に荷物があるなら運ばせるが」

「食事は王子負担ですよね？」

「そうだが……」

「なら私の荷物はこれで大丈夫です。クリーン系の魔法も使えますし、着ているものも含めて二セットもあれば十分です」

生活魔法はあまり学園で使用することはない。だが様々な魔法が使えるアターシャがクリーン魔法を使えてもおかしくはない。服を摘《つ》まみながら「制服でもいいかなと思ったんですけどね～」と告げる彼女はあまり着るものには頓着《とんちゃく》しないようだ。その時に着る服があればそれで十分なのだろう。自分ばかりが大きな荷物を持っていくのもおかしな話だと、用意した荷物を半分だけ手に取る。

「行こう」

アターシャは上機嫌で、鼻歌を歌いながら馬車へ乗り込む。まるで旅行に向かう子どものようだ。

カウロが思わず呆《あき》れたような笑みをこぼせば、彼女はグッと親指を立てた。

「いざ決戦の舞台へ！　ですね」

船で四日かけ、リュサラード皇国へと到着した。港にはカウロと同様に他国からやってきたのであろう、異国の船が多数並んでいた。辺りを軽く見回せば、何やら書状を提出しては役人達に首を振られている。

予想通り、すぐには入国を許してくれないらしい。いくら医師や薬師を求めているとはいえ、変な相手を通す訳にはいかないのだろう。カウロ達はその場合を考慮し、国王から書状を預かっている。だが相手は未だ交流のない国。数少ない交流国とも貿易を少し行っている程度で、非常に閉鎖的だ。

自国に皇子の病さえ治せる者がいれば、こうして港を開くことはなかったに違いない。偽の書状だと突っ返される可能性もある。だがその可能性を踏まえた上でも、絶好の機会であることには違いない。なんとしても他の国からやってきた者達に遅れを取らないようにしなければ。グッと拳を固めれば、隣に立つアターシャはカラカラと笑った。

「心配しなくても大丈夫ですって。癒やしの力は万能なんです。だから王子は豪華客船にでも乗ったつもりでドーンと構えていてくださいね！」

そう告げると、手のひらを頬にぐりぐりと擦《こす》りつけて軽く叩《たた》いた。よし、っと小さく呟くと、目の色は真剣なものへと変わる。普段のような気安さはない。城に仕える使用人達によく似た瞳をしたアターシャは乗り込んできた役人の元へと歩み寄った。

「ごきげんよう。私、アターシャ＝ベンリルと申します。この度、シュトランドラー王国第一王子カウロ＝シュトランドラー様のご命令で皇子のご病気を癒やしに参上いたしました」

「シュトランドラー王国の王子だと？」

目を見開く役人に紹介するように、恭《うやうや》しく「こちらにいらっしゃる方こそカウロ王子でございます」とお辞儀をする。流れるような仕草だが、慣れているのではない。アターシャは今、王子の従者役を演じているのだ。先ほどの行動がそのためのスイッチだったのか。彼女に続くように、カウロもピンっと背中を伸ばす。胸元から一通の手紙を取り、彼らに提示する。

「シュトランドラー国王から書状も預かっている」

「っ！　すぐに確認させていただきます」

カウロが差し出した書状を受け取るとすぐに船を降りていった。緊張で震えているところを見るに、今のところ他国の王家は使いを送り込んでいないらしい。アウソラード王国との縁を結ぶのに手一杯なのだろう。国として手を出さずとも商機と見込んだ商人達や腕に自信のある医師・薬師は自ら足を運ぶ。珍しい品が入れば万々歳といったところか。すでに陸を踏んだ者達からリュサラード皇国の話を聞いていて、与えられた情報を踏まえた上で手を出していないのかもしれない。入国手続きに時間がかかりそうだというのもそうだが、カウロ達が待つ間にも肩を落として船に戻る者が目に付く。皇子の病を治すことが叶《かな》わなかったに違いない。

一体どんな奇病なのか。リュサラード皇国特有の病なのかもしれない。それもリュサラードの医師や薬師が諦めて他国に頼らざるを得ないほどに変異してしまったもの。アターシャの力が特殊とはいえ、本当に治すことが出来るのだろうか？　心配でちらりと彼女の方へと視線を動かせば、海風に髪をなびかせながら遠くを見つめていた。絵画のような幻想的な風景にカウロはほおっと息を吐いた。カウロだけではなく、アターシャを見つめる者は多い。けれど彼女が呟いた言葉が耳に届いた者はごくごくわずか。

「鳥居見てたらおまんじゅうが食べたくなってきたわ。もしくはおせんべい、芋ようかんでも可」

意味の分からない単語の数々は目をうっとりとさせるほどの何か。素直にそう思えたら良かったが、あいにくとカウロはアターシャが写真目当てに遠き地まで足を運んだことを知っている。大事なものは人それぞれ。見事に貿易権を勝ち取った暁《あかつき》にはおまんじゅう・おせんべい・芋ようかんのどれかを用意しよう。初めて耳にしたが、食べ物なのは確かだ。実物が見つからずともレシピさえあれば、城のシェフ達が完全に再現してくれることだろう。

「カウロ王子、アターシャ様。どうぞこちらへ」

確認が取れたのか、戻ってきた役人は先ほどよりも腰を低く下げていた。カウロ達は船から降り、車に乗る。この国では馬車よりも人が車を引く、人力車が一般的だとの説明を受けた。けれど城に向かう間、すれ違う車に乗っているのは異国の服を身にまとった者ばかり。おそらく彼らも薬師や医師。役人と似た服装の者は大抵歩き。そもそも移動に何かを使うことが少ないのかもしれない。また、大きな籠を一本の竿《さお》で支えて担いでいる者も目に付く。物品の運搬方法もシュトランドラー王国とは異なる。

通過した城下町に並ぶ建物も大陸の国々とは違い、壁には木材を使用している。シュトランドラー王国にも海に面した地域はあるが、どこもレンガを使用している。海風との関連性はあるのか。店先に掲げられたランプや屋根に並べられた石に目を奪われていれば、あっという間に城に到着する。

「シュトランドラーの王子よ、ようこそお越しくださった。して、今回の用件はなんじゃ？」

「皇子の病を治す者を連れて参りました」

「医師や薬師の姿は見えんが？」

「こちらの者でございます」

「お初にお目にかかります。アターシャ＝ベンリルと申します。この度、皇子の病を治すお手伝いに参上いたしました」

「おぬしが……。さぞ有名な医師なのだろうな」

「いえ。私は医師でも薬師でもございません」

「なんだと？」

アターシャの言葉に皇帝は顔を歪《ゆが》めた。当然だ。彼はずっと医師や薬師を求めていたのだから。まさかそれ以外の者を一国の王子が連れてくるとは思わなかったのだろう。歓迎ムードは一気に警戒心を孕《はら》み、その大半がアターシャへと向けられる。けれど彼女自身がそれを気にした様子はない。むしろこうなるように仕向けたとさえ思わせるほど、美しい笑みを浮かべた。

「その代わりに癒やしの力を持っております。皇子の病を治せるのはきっと私だけでしょう」

「たいそうな自信じゃな」

リュサラード皇国では『癒やしの力』が知られていないのだろう。皇帝は訝《いぶか》しげに髭《ひげ》を撫《な》でた。相変わらず瞳には警戒の色が見える。

「私は自分の力を信じておりますので」

それでもアターシャは変わらずに胸を張って相手を真っ直ぐに見据える。社交界で腹の探り合いをする貴族よりも堂々としたたたずまいは、この場の空気さえも変えてしまう。皇帝はふうっと小さく息を吐き「なるほど」と呟いた。

「魔法を使うとなれば、我が国の魔法使いも同席させて構わぬか？」

「構いません」

どうやら信用してくれたらしい。魔法使いを同席させるのは、周りに控えている薬師や医師では何かあった時に対応出来ないと踏んだからに違いない。これ以上ない譲歩だ。三人の魔法使いと皇子の準備が整うまでの間、アターシャは「あ、カウロ王子。十秒カウント役やりますか？」と気が緩んだ様子だった。カウロが断ってもふふふと笑うだけ。おかげでカウロの緊張感はすっかりとどこかへ行ってしまった。

「準備が整いました」

使いの者に呼ばれ、リュサラードの皇子の前に立つ。椅子の背もたれによりかかる皇子の息は荒く、胸は小刻みに上下していた。額には汗が溜まり、傍目《はため》から見ているだけでも辛《つら》い気持ちになる。思わず目を背けてしまいたくなるほど。アターシャは彼の額に手を当て「ありゃま、併発してる」と呟いた。どうやら手を当てただけで皇子の病の原因が掴《つか》めたらしい。一度手を離し、うーんと唸《うな》った後で皇子の顔を覗《のぞ》き込んだ。

「では皇子。力を使わせていただきます。十秒間、少し熱く感じるかもしれませんが我慢してくださいね」

「ああ」

そして皇子の了承を取ると、彼の身体を抱きしめた。いきなりの行動にリュサラードの人達は何が起きたのだと慌て出す。カウロだってまさか抱きしめるとは思っていなかった。いつものように手をかざすだけだろうと、見守りの姿勢を取っていたのだ。けれど他の人達のように目に見えて慌てなかったのは彼女がカウントを開始したから。

「十・九・八・七・六・五・四・三・二・一……」

身体を震わせる皇子から離れることなくきっちり十秒。ゼロと口にしてからゆっくりと腕を外し、二歩ほど後ろに退いた。

「だいぶ楽になりました？」

返ってくる言葉など初めから分かっているとでも言いたげに微笑むアターシャ。

「身体が、軽い」

リュサラードの皇子は信じられないと目を丸くする。カウロはシュトランドラーの学園で何度も同じような光景を目にしてきた。彼女の力を体験したこともある。だがどれも切り傷のような軽いものばかりで、アターシャの力を信用してはいても、まさか本当に十秒で治してしまうとは思っていなかった。今まで何人もの医師や薬師がさじを投げてきただろうに。彼女は涼しい顔でやってのけるのだ。

「病の方は治しましたが、まだ体内にかなりの量の魔力が溜まっているので少し放出させるといいですよ。よろしければそちらのお手伝いもいたしますが」

「あ、ああ。頼む」

「手、お借りしますね～」

アターシャは軽い調子で伝えると、皇子の指と自らの指を絡ませた。

「では魔力を手に集めるように放出してください。ゆっくりで構いません。私がストップと言うまで続けてください」

医師のように指示を投げながら「吸って～吐いて～」とカウント代わりの声をかける。しばらくすれば二人の間にボトボトと魔水晶が落下する。学園で習った魔水晶生成を行うことで魔力を体外に放出しているようだ。それにしても多い。一つ一つは拳サイズだが、二人の間にはすでに十個以上の玉が並んでいる。二人の魔力が溶け合って出来た紫色の水晶はまだまだ生成され続ける。

「随分と溜まってましたね～。これが膜になっていて病の原因部分に届かなかったので、定期的に魔力を放出するようにしてください」

病の治療時間の何倍もの時間をかけ、アターシャと皇子は結局二十七個の魔水晶を生成した。

「君は神の使いか！」

リュサラードの皇子は興奮気味にアターシャの手を握る。苦しみから解放されただけでなく、たった半刻にも満たない時間で快調へと向かったのだ。神の使いという言葉はお世辞でも何でもないのだろう。けれど皇子相手に、彼女はバッサリと切り捨てる。

「いえ、シュトランドラー王国の使いです」

何の迷いもなく、当然とばかりに「勝手に人外認定しないでください」と続けた。それでも皇子は一向に退くことなく「ならば神に愛されし巫女《みこ》だな」と目を爛々と輝かせる。その姿が出会ったばかりのアターシャと重なった。彼女はアプローチだったが、まとう空気感が似ているのだ。カウロの頬は自然と緩む。

「カウロ王子、どうかなさいました？」

「いや。本当に私は豪華客船に乗っているだけだったなと思って」

「使用出来る場面は限られてますけど、自信はありますから。それにこの先は王子はご自分で船をこいでください」

「ああ」

せっかくここまで連れてきてもらえたのだ。彼女の成果を無にするつもりはない。皇帝陛下へ視線を移せば、彼はゆっくりと首を縦に振った。

「リュサラード皇国皇帝としてお礼を言おう。感謝する。宣言通り、貴殿らの望みを叶えよう」

「私達が望むのは御国との貿易権です」

「貿易権、か。貴殿らは我が国に何を望み、そしてどんな利益を与えてくれるのだ？」

一瞬にして皇帝の声は低く、威圧的なものへと変わった。報酬ならば与えるだけで終わる。けれどカウロが今求めているものは継続的関係である。国を統べる者として、すぐに了承する訳にはいかないのだろう。けれどここで怯《ひる》んでは次期国王として、父に顔向けが出来ない。何より、ランカはすでに隣国との交渉に成功しているのだ。それが投資であるか、貿易であるかの違いにすぎない。彼女の隣に居続けたいと願うのならばこれくらい成功させてみなければ。アターシャが繋いでくれた機会を無駄にしないように、カウロは胸元に忍ばせておいた資料に手をかけた。けれどそれを取り出すことはなく、真っ直ぐに皇帝と対峙《たいじ》した。

「我が国は大陸一の魔法国家です。私も、そしてここにいるアターシャも同じ王立学園に通っております。安定した魔法道具の供給や魔法使いの派遣が可能です。また魔法適性のある者の学園受け入れを行っております」

「なるほど。確かに我が国と貴公らの国は遠く離れている。食料の貿易には不向きだろうな」

「貿易が本格化した際には転移魔法陣の設置も視野に入れております」

「転移魔法陣？」

皇帝は聞き覚えのない言葉に興味を寄せる。ここが攻めどころだ。カウロは小さく息を吸って、文化祭の発表前に漁《あさ》った資料の一つを思い出す。二代前の先輩達が開発した道具で、現在シュトランドラー王国でも数カ所に設置されている。

「はい。我が校の卒業生が完成させた魔法道具です。現在の性能では両国を渡るために五カ所の陸を経由する必要があり、一度に運べる荷物の量も限られるなど今後の課題は残っていますが、距離というマイナス面の大部分はカバー出来るかと思います」

まだまだ成長途中の道具ではあるが、性能は非常に安定している。使用する度に魔力を送り込まなければいけないため、使用コストはやや高めだが、船を使うよりも断然短時間かつ安く済む。今後の開発によっては供給魔力を魔石に置き換えることも可能だろう。この貿易が決定した暁には研究費用を融資しようと心に決める。

「シュトランドラーの王子よ」

「はい」

「貴殿が一番気に入っている魔法道具はなんだ？」

皇帝からの問いに、カウロの頭の中にいくつもの魔法道具が浮かんだ。すでに商業ルートに乗っているものから、学生の開発段階のものまで。文化祭では革新的な魔法道具がいくつも並んでいた。リュサラードとの貿易を見込んで、食料品の保存に役立つ魔法道具を挙げるべきかもしれない。そう、思った。けれど思いとは裏腹に、カウロの口から出たのは異なる魔法だった。

「魔石加工技術です。彼女と発明した魔法道具で、まだ一般流通させられる段階に至ってはいませんが、魔石は非常に硬度が高く、強度の高い素材として使用可能です」

「貴殿はそれを何のために開発したのだ？」

「婚約者に喜んで欲しかったから、です」

それらしい理由なんていくらでもある。文化祭では観客の目を引くための見た目の美しいものや可愛らしいものを作ってみせた。けれどあの技術を使えば、魔力を込めた窓や馬車を作ることが可能だ。護身用はもちろんのこと、内側から外に危険を及ばせないためにも使える。発表後にはいくつもの研究施設から何枚か窓とドアを作って欲しいとの申し出があったほど。使い方は様々だが、カウロの動機はランカなのだ。けれど恥じる気持ちはまるでない。自分らしい言葉だ。父と比べればカウロにはまだまだ威厳もない。考えが浅い部分もある。けれどカウロにはカウロの武器がある。アターシャに背中を預け、正攻法で攻めるだけだ。大丈夫、今乗っているのは豪華客船だと自分に言い聞かせ、胸を張る。

「なるほど。そなたにとって婚約者は大事な存在なのだな」

「はい」

「そちらがアターシャを差し出すと約束すればこの貿易を受けよう」

皇帝はカウロを値踏みするように目を細めた。

「お言葉ですが、アターシャはものではありません」

「失言だったな。彼女をもののように扱ったことは詫《わ》びよう。だが私がその娘を欲していることは変わらない。仕組みの分からない魔法道具よりもずっと我が国に利益をもたらしてくれる」

「確かにアターシャは私から見ても素敵な女性です」

「なんだ、先ほど話してくれた婚約者こそが彼女だとでも？」

「いいえ、私の婚約者は別の女性です。けれど貿易権のために彼女を、誰かを犠牲にすることはしたくない。たとえ最善で最短の道を失うことになろうとも、私は他の道を探すことを止めない」

「なるほどな」

顎《あご》を撫でる皇帝は一体何を考えているのか。感情の読めない瞳に押しつぶされそうになる。けれどランカのために強くなると決めたのだ。心が折れない限りはまだ行ける。また来ます、と告げて去ろうとした時だった。

「気に入った！」

皇帝は手を叩きながら、こちらへと歩み寄る。先ほどまでの冷たい印象はどこかへと消え、頬を緩めた彼はカウロの肩にぽんと手を置いた。

「身内も守れぬ者に国は守れん。カウロ王子は真っ直ぐすぎるところはあるが、その誠実さに私は惚《ほ》れた。カウロ王子といい、アターシャといい、シュトランドラー王国には素晴らしい若者がいるのだな。細かいところはこれからの話し合い次第といったところだが、貴殿らの国となら良い縁が築けるだろうな」

「ありがとうございます！」

認めてもらえたのだ。カウロは喜びいっぱいの顔を隠すように深く頭を下げた。

「ところで他にないのか？　貿易権では褒美にならんだろう」

皇帝は遠慮なく言うといい、と言ってくれたが、今のカウロには貿易権以上に欲しいものはない。後は自分で叶えるのみである。ちらりとアターシャを見れば、きょとんとした顔で小首を傾《かし》げる。

「アターシャはないのか？」

「私、ですか？　え、いいんですか？」

「ああ。今回の功績者は間違いなく君だからな」

戸惑う彼女に頷いてみせれば、懇願するように手を組み、瞳をキラキラと輝かせた。

「なら私、おまんじゅうが食べたいです！」

「いや、おまんじゅうは今度こちらで用意して……」

だがカウロの言葉は途中で阻まれた。

「貴殿はまんじゅうを知っているのか！」

「はい、大好物です！」

「ちなみにこしとつぶは」

「どちらも選べません！」

「私もだ！　よし、こしあんとつぶあんどちらも持ってこい」

「かしこまりました」

どうやらリュサラード皇帝もまたおまんじゅう好きらしい。アターシャと同じ表情を浮かべ、運ばれてきた手のひらサイズのものを口に運ぶ。茶色と白の二色のそれはカウロの前にもお茶と共に差し出される。カップの中身は緑色で、ハーブティーよりも少し色が濃い。ランカがいたら食いつきそうだなんて思いながら、取っ手のないカップを傾ける。やや苦みが強い。口をリフレッシュさせるためにおまんじゅうに手を伸ばせば、クリームとは異なる甘みが口いっぱいに広がった。先ほどの苦みと混ざり合い、心地の良さを感じさせてくれる。なるほど。このお菓子とお茶はセットで楽しむものらしい。もう一度カップに口を付け、ホッと息を吐き出す。

「はぁ……惚れ惚れするほどのあんこの圧倒的重量感。すごく、美味しい」

「だろう！　私お気に入りの店なんだ。アターシャさえよければ豆大福も用意させるが」

「いいんですか!?　もちろんいただきます！」

アターシャとリュサラード皇帝はおまんじゅうを通してすっかり意気投合したらしく、次々に見たことのないお菓子が運ばれてくる。

「もっちもっちですね！　若干《じゃっかん》しょっぱさがあるお豆が甘さを引き立ててますね！」

「口元白くなっているぞ」

夢中で豆大福を頬張るアターシャにハンカチを差し出す。けれど受け取られることはなく、口周りを白くした彼女はふるふると首を振った。

「それこそ大福の醍醐味《だいごみ》ですから」

「さすがアターシャ、分かっているな！」

「お茶おかわりください」

「ああ」

皇帝自らポットを傾け、アターシャの茶器にお茶を注ぐ。短時間で打ち解けすぎだろう……。


「お土産《みやげ》までたくさん持たせてもらっちゃってなんだかすみません」

「いいや。気に入ってくれて嬉《うれ》しいぞ。またいつでも遊びに来るといい」

アターシャをいたく気に入った皇帝は煌《きら》びやかな箱五個分の土産を持たせてくれた。なぜかアターシャは一番小さな箱を様々な角度から念入りに眺めていた。

「これ、開いたら煙とか出ませんよね？」

おずおずと言い出した時は何事かと驚いたカウロだったが、それすらも皇帝の心を射止めたらしく、さらに機嫌を良くしてくれた。カウロにはシーダイヤモンドという、リュサラード皇国でのみ採掘されるダイヤモンドを贈ってくれた。海のように青く澄んだ色が特徴的で、友好の証として頂いたのだ。ちなみにアターシャには皇帝からの贈り物の他に、皇子が何種類もの宝飾品を贈ろうとしていたのだが、全て受け取り拒否をした。

「ベンリル家の家訓に、夫となる男性以外から宝飾品を受け取るべからずとありまして……」

眉を下げながら呟けば、皇子は「ならば結婚を前提に！」と手を取る。ここに持ち込むのが彼女の作戦だったかといえばそんなことはない。

「国に婚約者がおりますので」

にっこりと笑って一蹴すれば、皇子は肩を落とすしかなかった。

「皇帝陛下の具合が悪くなったらいつでも呼んでくださいね。すぐに駆けつけますので」

「ああ」

最後には固い握手まで交わすほど。港いっぱいの人に見送られながら、カウロは何の用事で来たのかを見失いそうになる。だが目的を成し遂げたのだ。

「本当に、私が乗った船は豪華客船だったな」

水面を見下ろしながらしみじみと呟く。アターシャの言葉は過言なんかではなく、彼女に頼ってしまった部分も多い。けれど最後の最後で花を持たせてくれた。本当に頼もしい存在だ。これで胸を張って自国に帰ることが出来る。

「今度は一人でも成し遂げられるように精進しなければ、だな」

「何言っているんですか」

「アターシャ」

リュサラード皇国からいただいたお土産の一つ、円形の平たく表面が波打ったお菓子を手に、アターシャはカウロの前に立つ。至近距離で対峙してみるといつも以上に身長差が目立つ。顔一つ分も違う少女はカウロを見上げ、ふんっと鼻をならした。

「人が一人で成し遂げられることには限界があるんです。だから頼っていいんですよ。人間ってそういう生き物ですから」

「だが君ならきっと危なげなく貿易権を勝ち取ることが出来ただろう」

「否定はしません。癒やしの力はそれだけ貴重ですから。でも私、そもそもカウロ王子がいなかったらここに来てませんよ？　私と王子が手を組んだからこそ今があるんです」

「そうか。ありがとう、アターシャ」

「いえいえ。その分の見返りはバッチリいただきますから！　だから今度は私の欲望を叶える協力をしてください」

「写真、だったな」

「魔力放出までしてあげたのでおまけで結婚式への招待状も付けてください」

「結婚式、か」

本当に開催出来るのか。自分は招待される側になるのではないだろうか。アサド王子の隣に立つランカを想像して、肩を落とす。

「情けない顔しないでください。皇帝相手に婚約者が大事だと語った王子はどこ行ったんですか！さっさと連れ戻してきて、しゃんとしてください。変に取り繕わずにシーダイヤモンドの指輪と百本の赤バラ持って、一緒に自分の想いをぶつければ大丈夫です」

「君はどこまでも前向きなんだな」

アターシャは「そうですかね～」と遠くを見つめながらお菓子を口に運ぶ。もごもごと口を動かして何か呟いた。けれどザバーンと押し寄せた波の音でアターシャの声はかき消され、カウロに届くことはなかった。

「何か言ったか？」

「そんなにたいそうなことでもないので、気にしないでください。では私はこれで」

ひらひらと手を振ってアターシャは甲板から立ち去ろうとする。

「待ってくれ」

「まだ何か？」

「君の婚約者に謝罪をする機会を与えてくれないか？」

すっかり失念していたのだが、大事なことだ。

「婚約者への謝罪？　何のことですか？」

「私は君の婚約者への説明を怠《おこた》った。大事な女性を預かるならば、了承を取るべきだった」

アターシャのご両親には手紙を出し、目的を伝え、了承を取ってある。だが婚約者がいるのならば、そちらにも伺いを立てるべきだった。もちろんカウロはアターシャに手を出すつもりはさらさらない。彼女の家族から伝わっているかもしれないが、筋を通す・通さないの問題だ。もし知らぬ男がランカと二人で七日も閉鎖空間にいると分かれば、自分は正気でいられる気がしない。せめて了承くらいは取るのが筋というものだろう。後日、謝罪に行くべきかもしれない。甲板に視線を落としながら、手土産は何がいいかと考える。深く反省したカウロの頭に降り注いだのは、素《す》っ頓狂《とんきょう》な声だった。

「ああ。あれ気にしてたんですか！　婚約者がいるっていうのは嘘です」

「嘘？」

「だってああでも言わないと引き下がってくれなかったでしょう？」

「まぁ、そうだが……」

「変なフラグとか立てたくないので」

「フラグ？」

「後で王家に代々伝わる～とか言われても面倒じゃないですか」

「面倒、か」

他国とはいえ、一国の皇子との縁を欲しがる者は多い。リュサラード皇国に来ていた者の多くは褒美よりも縁を欲していたに違いない。けれど目の前の少女はバッサリと切り捨ててしまう。

地位も金も縁も欲しない。スチルの次に欲したものといえば、小さな甘味。けれど偽りではなく、心の底から欲している。アターシャの価値観はカウロの物差しとはまるで異なるのだと改めて実感する。

「もらいものは消え物が一番。美味しければなおよしです」

小さくなったものを口の中へ投げ込み、もぐもぐと口を動かす。そして今度こそ「ではでは」と船の中へと戻っていった。彼女らしい言葉の数々に、カウロの気持ちは固まった。もう曲がることはない。

「協力してくれたアターシャのためにも前を向かなければ」

砕ける心配をする前にぶつかれ。当たる前に割れたら後悔だけしか残らない。カウロの手にはリュサラード皇国との貿易権と国交、そして土産物がたんまりとある。ここまでして、ようやくアウソラードの王子に並べたくらい。後はカウロがぶつかるしかないのだ。

娯楽のない船旅はゆっくりと考え込む時間を与えてくれた。海風に髪を揺らしながら、カウロはこの三日で思いついた考えをまとめる。アターシャの意見を採用して、告白時にはシーダイヤモンドの指輪と花束を用意するつもりだ。だが彼女の言ったバラではなく、赤と白のコスモスで作った花束を。

ランカが花畑での出来事を覚えてくれているかは定かではない。小さな学校でコスモスの刺繍《ししゅう》を欲しがった際、ランカはカウロの欲しがる理由を掴めていないようだった。それでもカウロはコスモスを、思い出の花を選ぶことにした。

もしランカが手を取ってくれた時は、二人でコスモスの花畑へ行こう。彼女がもし覚えていなくとも、その場所がカウロにとって大切な場所であることには変わりないのだから。

「そろそろですか」

「ああ」

シュトランドラー王国の港に到着するという時、船内からリュックサックを背負ったアターシャが現れた。手には二つの箱。両脇に抱えられるまで減らすとは、随分とコンパクトに収まったものだ。相当量を短期間で食したらしい。小さい身体によく入るなと感心したカウロに、アターシャが自慢げに「胃薬持参したので！」と小さな袋を掲げた時点で何も言わないと決めた。よく食べるのはいいことだ。たとえ見ている方が胃もたれを起こしそうになろうとも。カウロと並んで陸を眺める彼女は視線を逸らさずに問いかけた。

「それで、決行は？」

たったそれだけの言葉だが、彼女が何を指しているのかはすぐに分かった。ランカへの告白だ。船旅で何度もシミュレーションを繰り返し、一番相応しい日を決めた。

「卒業パーティーにしようと思う」

まだ数ヶ月も先。他の男性陣を退けたところで、そこまでにランカがアサドの手を取らないとも限らない。本当は早い方がいい。だが焦って事を失敗したくはなかった。それにせっかくアターシャが協力してくれたおかげで手に入れたダイヤモンドは、ランカに相応しい指輪にしたかった。大勢の観衆の前でなんてランカの退路を断つようだが、同時にカウロも逃げられない場所にしたかった。断られた時はきっぱり諦めて、一人の女性の旅立ちを祝福しよう。腹を決めたカウロが宣言すれば、アターシャは「やっぱりそうか」と初めから何もかも分かっているかのようだった。

「やっぱり？」

「いえ、なんでもありません。お高めの魔道写真機を構えて待機してますので頑張ってくださいね」

「君は……」

一体どこまで計算済みなのか——そう問おうとして、止めた。万が一アターシャが先読みの力を駆使したとして、彼女が牙を剥くことはない。ならばわざわざ腹を探るような行為は無粋でしかない。

「もちろん後日焼き増しをお渡しします」

「ああ、楽しみにしている」

「結婚式と合わせてウェディングブックにするのもいいですね、っと。それでは私はこれで！」

船を港に寄せ、橋が降ろされる。船員達は荷物を抱え、次々に船から降りていく。彼らに続くように、すでに身支度を済ませたアターシャは陸へ向かって歩き出した。遠ざかる背中に、カウロは駆け寄った。

「アターシャ！」

「なんでしょう？」

「改めて、この度の協力感謝する。君のおかげでリュサラード皇国との国交が築ける」

ありがとう、と深く頭を下げれば太陽のように輝いた笑顔を向けられる。

「お礼、楽しみにしていますね！」

アターシャはカウロにそう告げると再び足を踏み出した。

◇　◆　◇

アターシャは船からだいぶ離れ、周りに人がいないことをよく確認する。そしてしゃがみ込むと大地に向かって思いをぶちまけた。

「はぁ～ここまで長かった。相手が悪役令嬢だからすぐくっつくかと思ったのに、いろいろ邪魔が入るとか完全に予想外だったわ。けどフラグ回収完了したし、場所も決まった！　シーダイヤモンドの指輪を渡せばあの人も気づくだろうし、後はエンディングを待つのみ！」

ようやくだ。一年の途中からずっと、カウロとランカの仲を応援していた。学外に邪魔をする者がわんさかといることを知って焦りはしたものの、ラスボスと思われた隣国の王子が紳士的であったことが功を奏した。彼の参戦により、ランカ争奪戦が一気にスローペースに持ち込まれたといってもいい。

卒業パーティーまでの間、もしもランカがカウロ以外の手を取るようならばアターシャは全力で阻止するつもりだ。カウロのためだけではなく、ランカのためにも。彼女がカウロを思っていることなど、花畑に向かう前からとっくに気づいている。アターシャだけではなく、学園のほとんどの生徒が知っている。もちろんカウロの気持ちも。当人達だけが知らぬのだ。

アターシャは転生前も今も恋愛主義ではない。それ以外に手を伸ばすべきだと決めたら潔く切り捨ててそちらを取る。だから悪役令嬢があっさりと王子を切り捨てるという判断を取っても、それはそれでいいと思っていた。だが我慢するというなら話は別だ。何も障害がないのに避ける理由がない。

ランカもまた転生者というのならば、アターシャの知り得ない何かがあったのかもしれない。だが二度目の人生でその何かに遠慮して幸せを手放すことはない。同じ転生者として、障害があれば陰ながら潰す手伝いくらいはしてあげることが出来る。今回は乙女ゲームシナリオだったが、それ以外だって癒やしの力や魔法でどうにか出来るならばいくらでも手を貸すつもりだ。けれどいくら紳士的とはいえ、二人の様子を見に来てすらいない隣国の王子様になど渡してなるものか！

「推しの幸せを壊す者は全力で潰す」

物騒な言葉を吐いて、アターシャは立ち上がる。

「さぁてと、一回帰って荷物置いてから魔道写真機買いに行こうっと」

リュックサックに両脇に抱えた土産と随分大荷物でありながら、アターシャは気持ちを抑えきれずにるんるんとスキップを開始する。

「推しに貢ぐお金は実質タダ。むしろおつりがくるくらい。貢げる時にじゃんじゃん貢ごう。推し活、推し活」

摩訶《まか》不思議な曲を口ずさみながら、乙女ゲームのヒロインは陰ながらサポートキャラに徹する。全ては今世の推し、カウロ&ランカのハッピーエンドを見るために。

◇　◆　◇

カウロがリュサラード皇国から帰ってきたのは、ランカに手紙が届いてから十日後のことだった。シナリオよりも短期間ではあったものの、夜会ではすっきりとした表情をしていた。やはりアターシャとの間に大きな進展があったのだろう。それでも心を決めたランカは計画を止めようとは思わなかった。今まで築いてきた投資先との縁を使い、最高の贈り物を作る。その間も手紙を送り続け、出来る限りの交流を図った。城へと足を運べば、カウロはどこかそわそわとしているようだったが、手紙でも対面でも彼が婚約解消を言い出すことはなかった。また、国王陛下直々《じきじき》に命を下されることもない。

卒業式が近いからなのか。乙女ゲームではどのキャラもバッドエンドにならない限り、卒業式でエンディングを迎える。ハッピーエンドならば各々アターシャとの思い出の品を持参し、告白もしくはプロポーズを行うのだ。その日、カウロがアターシャに告白をすれば自ずとランカは用済みになる。ならばせめて予定くらい伝えてくれてもよさそうなものだが、アサドが参戦した時点でランカは彼の手を取ると思われているのだろうか。カウロが大勢の前でアターシャを望むことで、強制的にアサドと結ばせようとしているのかもしれない。

国王陛下を信頼していない訳ではないが、国のためになる選択をするに違いない。いや、そうであらねばならないのだ。わざわざランカには知らせていないだけで、すでにプラッシャー家とは話がついている可能性もある。それでもエンディングまで一ヶ月を切れば、一周回って落ち着くものだ。ここまで頑張った結果なら仕方ないとさえ思える。

断罪エンドに備えずに初めから交流を許っていればもう少し違った結末を迎えられたのかもしれない。けれどランカの性格上、逃げ道も作らずに博打《ばくち》を打つ気にはなれなかった。後悔はない。

「ランカ様、ドレスが出来上がりました」

「ありがとう」

卒業パーティー用のドレスは瞳と同じ色のものをあつらえてもらった。裾に同系色の糸で小さなバラの刺繍を入れてもらったのは、思い出の品としてアウソラード王国に持ち込むためだ。カウロから花束を贈ってもらえない代わりに自分で用意した。赤バラではなく青バラになったことで、奇《く》しくも『不可能』の烙印《らくいん》を自らの手で押した形になってしまったが、気づいてからもデザインを変更するつもりはなかった。なにせランカにはお守りがある。机の上に置いた小さな箱を開き、一流の職人達の手で作り上げられた懐中時計を眺める。コスモスの彫刻がなされたそれはまだ時を刻んではいない。

カウロがアターシャを選べばアターシャとの時を、そしてランカを選べばランカとの時を刻むことになる。二人の門出を祝う品になるかもしれない時計に彼との思い出の花を刻むことに少しだけ躊躇《ちゅうちょ》した。だがバラの刺繍をしたハンカチを渡した時のように後ろ向きでいたくはなかったのだ。

カウロに振られてしまっても、おめでとうございます、と全て知っていたかのように拍手をするイメージは出来ている。これでも貴族だ。表情を作り上げるのは得意だ。泣くのはドレスを脱いだ後でいい。悪役令嬢という衣装とプラッシャー家の令嬢という立場も脱ぎ捨てた後で、新たなランカとして存分に笑えばいい。玉砕覚悟で、悪役令嬢・ランカ＝プラッシャーは最後の舞台に上がるのだ。

卒業式当日。ランカは普段よりも早く目を覚ました。今日はドレスに髪、メイクといつも以上に用意に時間がかかるのだ。それに、心の準備も必要だった。公爵令嬢に相応しい顔が崩れないように脳内で何通りものシミュレーションを繰り返す。あの少し変わったヒロインなら断罪なんて派手な真似はしないでくれると思うが、念のために様々な罪を被《かぶ》せられる想像もした。けれど最後の最後であることに躓《つまず》いた。

「時計、いつ渡そう？」

せっかく用意したのだから渡せないなんて事態だけは避けたいものだ。だがパーティーが始まって即渡すというのもタイミングが良いとは言えないだろう。そもそもシナリオの隙間にねじ込もうというのだからタイミングの善し悪《あ》しなんて窺《うかが》うなという話かもしれないが、カウロの思い出に傷を付けたくはなかった。馬車に揺られながら。卒業式での挨拶を聞き流しながら。頭の中でずっと卒業パーティーのことを考える。偉い人からのお言葉なんて右耳から入ってそのまま左耳に流れていく。

パーティー会場へと場所を移したランカはひっそりと会場の端に身を潜めた。会場内では誰もが普段の夜会とはまた違った雰囲気のパーティーを楽しんでいる。隣にいるのは婚約者や友人。カウロの隣には誰がいるのだろう。会場内を見回してみると胸を押さえながら深く息を吸っている彼が見えた。その手にまだ花束は握られていないが、今日の衣装までもが乙女ゲームと全く同じ。前世ではＢＧＭ程度にしか思っていなかったダンス曲に、ランカの鼓動はバクバクと脈打つ。会場内で大輪の花のようにドレスの裾を広げてくるくると回る女性達と壁の花を貫くランカとでは大違い。なぜかアターシャの姿がどこにも見えないが、シナリオを知っている彼女が欠席するなんてあり得ない。何か用意をしているのだろう。時間までにはきっと現れる。

ポケットに入れた懐中時計をドレスの上から撫でながら、早くしなければと気持ちばかりが急いていく。曲が止まればダンスをしていた生徒達も止まる。その短い時間に、カウロはアターシャに愛を語る。会場の誰もが注目する場所で告白されれば、ランカはアタックするタイミングを完全に逃すこととなる。ダンス曲は終盤に差し掛かり、そろそろ次の曲へと変わる。決心したように前を見据えるカウロを視界にとらえたランカは、いよいよ心を決めて一歩踏み出した。けれど会場の真ん中で止まると思われたカウロはそのまま直進を続け、ランカの前で足を止めた。目を丸くしたランカだが今しかないと、ポケットに手を伸ばす。けれど緊張で手が震え、ポケットの中で箱が滑ってしまう。もたもたしていたらこの機会を逃してしまう。焦りで顔を白くすれば、カウロがその場で膝を折った。

「ランカ、結婚して欲しい」

「え……」

「会えない時間、ずっとランカのことを考えていた。投資に向かうランカは本当に格好良くて尊敬していた。けれどいつしか憧れるだけではなく、隣にいたいと思うようになった。後ろ姿ではなく、君の笑顔をもっと見たい。婚約者としてではなく、一人の男として君に惚れているんだ。だから生涯共に過ごすパートナーとして、私の手を取ってくれないだろうか」

差し出されたのはコスモスの花束だった。リボンには何かがキラリと光っている。シーダイヤモンドの指輪だ。花の種類こそ違えど、画面越しに見た光景と酷似している。だが受け取るのはランカではなくアターシャであったはずなのだ。それに乙女ゲームでは会場の真ん中で渡されていたはず。あ、そうか。卒業式直後で断罪されるはずの悪役令嬢がこの場にいることがそもそもの間違いなのだ。きっと何かの不手際だ。どんな意図が隠されているのかも分からずに、ランカはぐるりと会場を見渡し、本当の主役を探した。

けれどちょうど反対側にいたピンク髪の少女は椅子の上に立ち、なぜか魔道写真機を構えている。ドッキリか何かを仕掛けられているの？　アターシャに視線が釘付《くぎづ》けになっている間も、一向に種明かしをされることはない。一度カウロに視線を戻せば、背後にはランカの返事を待つ観衆達が瞳を輝かせている。

自分が受け取ってもいいものだろうか。花束から視線をゆっくりとアターシャに移せば、レンズから目を外した彼女と目が合った。そして彼女は満面の笑みでグッと親指を立て、大きく口を動かした。

『おめでとう』

祝福されている。そう理解した途端に涙が溢れた。

「ラ、ランカ？」

突然涙をボロボロとこぼすランカにカウロは戸惑っている様子だった。だからランカはアターシャにも負けないいくらいの笑みを作って、心からの言葉を返すのだ。

「カウロ王子。喜んでお受けいたします」

「っ、ありがとう」

カウロの抱擁と観衆達からの拍手に包まれ、幸せを噛《か》みしめる。悪役令嬢がハッピーエンドを辿るなんて誰が予想出来ただろうか。きっとアターシャの協力なしでは成り立たなかった。なにせ花束もリュサラード皇国でしか採掘されないシーダイヤモンドも、本来ならばアターシャが受け取るはずのもの。場所を変え、角度を変えながらもしきりにシャッターを押し続ける彼女は会場の真ん中で祝福を受けているはずだったのだ。

シナリオが変わり、立つ場所が変わってしまった悪役令嬢とヒロイン。だがアターシャの顔に後悔の色はない。だからこそ一足遅れながらも、ランカはカウロへの贈り物を取り出した。

「カウロ王子。私からの贈り物も受け取っていただけますか？」

「ありがとう」

ランカも贈り物を用意していたのは意外だったのだろう。カウロは受け取った時計をまじまじと見つめ、そして首を傾げた。

「時間が止まっている？」

「時を進めるのは王子と一緒になってからがいいかなと思いまして」

言っていて恥ずかしくなったランカは花束に赤くなった顔を埋《うず》める。けれどカウロの表情は緩んでいった。そして愛《いと》おしそうに時計を包み込んだ両手を胸に寄せた。

「夢のようだが、夢じゃないんだよな……。ランカのドレスに勇気をもらって、気持ちを打ち明けられて良かった」

「え？」

「青バラの花言葉は『夢が叶う』だろう？」

その言葉にハッとした。かつて青バラの花言葉は『不可能』だった。けれど配合が可能となった時点で、『不可能』を可能にした花だからという理由から花言葉は『夢が叶う』に変更になったのだ。

花言葉には詳しいつもりだったが、間違えて覚えていたらしい。だがうっかりすらも彼に勇気を与えていたというのならば悪いものではない。

愛おしい婚約者と寄り添いながら会場で踊る生徒達を眺める。

「アサド王子へ断りを入れにいかなければなりませんね」

「私も行こう」

「きっと歓迎してくれます」

「歓迎？」

「私の友人はずっとカウロ王子に会いたがっていましたから」

どういうことだ？　と首を傾げるカウロ王子とは、まだまだ沢山《たくさん》話すことがありそうだ。お互いに知らないことを時間をかけて話そう。私は大事な友人達のことを。彼からはリュサラード皇国での話を聞こう。そしてお世話になった人にはごめんなさいとありがとうを伝え、幸せになれたよと報告するのだ。


翌朝——王都には号外がまかれた。

『カウロ王子・ランカ＝プラッシャー令嬢、御結婚を発表』

大きな見出しで書かれた号外にはカウロのプロポーズ写真と共に「式は今年中に行われるとのこと」なんて気の早いことが書かれていた。あの場には卒業生と教師陣、お手伝いの在校生だけで、出版関係者の出入りなどなかったはずだが、ランカもカウロも写真の提供者には覚えがあった。

「アターシャか……」

呆れたように呟いたカウロ王子だが、向ける笑みは優しいものだった。

「アターシャ様と仲がよろしいのですか？」

「彼女にはいろいろと協力してもらってな。仲がいいというか、協力者みたいなものだ」

「協力者？」

「写真が欲しいらしい」

「写真？」

「スチルが欲しいと言い出された時は私も耳を疑った」

「なるほど」

転生して、自分の居場所を譲ってまでスチル回収に勤《いそ》しむとは……。そのためにわざわざ魔道写真機を用意したのか。魔道写真機は魔法道具の一つで、決して安い買い物ではない。シナリオを利用すればカウロ王子の隣に立つことも出来たのに、彼女は会場の端で王子と悪役令嬢の写真撮影をする道を選んだのだ。本当にアターシャには驚かされっぱなしだ。

「ランカには意味が分かるのか？」

「ええ。彼女が良い人だということは十分伝わってきました」

「ああ、本当に。今度お礼を伝えに行かなければな」

「是非、私もご一緒させてください」

お礼を伝えるだけではなく、話を聞いてみたい。

悪役令嬢とヒロインとしてではなく、ランカとアターシャ、同じ転生者として。

後日、ランカはカウロと共にアウソラード王国へと向かった。幾度となく通った道も二人になれば見える景色が変わる。窓の外に広がる緑はいつもよりも青々としており、輝いて見える。晴れやかな気持ちのランカとは正反対に、カウロは国境を越えた辺りからずっと難しい表情をしている。

「アサド王子には申し訳ないことをした。だが譲るつもりはない。何としても認めてもらわなければ」

「彼らなら祝福してくれますよ」

「信頼、しているんだな」

「彼らが背中を押してくれなければ私はここにはいませんから」

感謝してもしきれない。本当に良い友人を持ったものだ。卒業パーティーを終え、長年の不安が晴れたランカとは正反対に、カウロは今まさに一番の山場を迎えるかのような面持ちだ。彼は背筋をピンと伸ばし、緊張状態を保っている。まだ城に着くまでは時間があるというのに、それだけ真剣だということだろう。ランカは顔を綻ばせた。

「ランカ、よく来たな。それにカウロ王子も。二人一緒ということは！」

「側妃にとの申し入れをお断りに参りました」

にっこりと笑うランカにアサドは大きく目を見開く。そして勢いよく身体を反転させると城の奥へと走って行った。

「フィリア！　フィリアはいないか！」

嬉しいことがあった時に婚約者を呼びに行くのは相変わらずだ。だがそのことを知らないカウロは、アサドの怒りを買ってしまったと思ったのか、表情が固い。

「喜んでくれていますよ」

「そうなのか？」

「カウロ王子、ランカ様。どうぞこちらへ」

「ええ」

ランカは何度と訪れた客間に通される。ソファに腰かけてもまだカウロは緊張を解くことはない。けれど怯《おび》えのようなものはない。ランカの知っている彼とは少し違う。そこには王子としてだけではなく、男としての自信があった。

「ランカ！」

大きな音と共に部屋に踏み込んで、二人揃《そろ》って大股でやってくる。そしてカウロにずいっと手を差し出した。

「カウロ王子と話すのは久しぶりだな。これからも仲良くして欲しい」

「初めまして。私、アサド王子の婚約者のフィリアと申します。ランカ様には仲良くしていただいておりますわ」

「カウロ＝シュトランドラーです。ランカを側妃にとの申し出を断る形になってしまって申し訳ない」

カウロは包み隠さずに正面から切り込んだ。揺らぐことのない想いは視線にも表れている。アサドはカウロとじっと見つめ合い、数秒が経過したのち、花が開くような笑みを浮かべた。そしてゆっくりと視線をずらした。

「ランカ、おめでとう」

「王子様のお姫様奪還ですわね」

フィリアはアサドの隣で赤らんだ頬を両手で押さえる。奪還なんて、まるでアサドが悪者にでもなったかのよう。だが彼らが演じてくれたのはまさしく悪役なのだ。悪役令嬢がちゃんと仕事をしなかったために王子にもフィリアにも迷惑をかけてしまった。それすらも彼らは受け入れてくれて、前を向かせてくれたから今がある。

「二人ともありがとう」

抱擁を交わし、食事までですればカウロと二人はすっかりと意気投合していた。お土産にハーブティーを持たせてもらい、馬車の中で並んで笑い合う。

「アサド王子もフィリア嬢もいい方達なのだな。もっと早く挨拶に来ていれば良かった」

「二人とも自慢の友人です。ところでカウロ王子、会わない間に雰囲気変わられましたよね？」

食事中、アサドが言ったのだ。以前会った時よりもずっと格好良くなられた、と。それはランカも感じていたことだった。花畑イベント後にも彼の変化に気づいたが、そこからさらにカウロは変わっていた。二人がいる前で聞くのは憚《はばか》られ、馬車の中まで我慢していたが、聞かずにはいられなかった。もちろんアターシャが絡んでいるのだろうことは承知だ。けれど不安はない。代わりに好きな人の変化に立ち会えなかったことを残念に思う。けれどそんな気持ちもカウロの言葉一つで吹き飛んでしまった。

「ああ、ランカのために頑張ったからな。この三年間で、手を伸ばせばすぐ触れられる距離にいられることは当たり前じゃないのだと気づかされた」

カウロはランカの髪を一房手に取り、キスを落とした。そして「愛してる、ランカ」と想いを紡ぐ。ゲームでも見られなかった蕩《とろ》けるような表情に、ランカの顔は真っ赤に染まる。両手で覆ってしまいたいが、顔に伸ばした手はカウロによって押さえられてしまった。だからせめてもの抵抗に顔を伏せる。

「隠さないで、見せてくれ」

「恥ずかしいです……」

「ランカ、またあの花畑に行こう」

カウロの言葉に、ランカは少しだけ顔を上げる。

「コスモスの花畑、ですか？」

「ああ。またランカだけのティアラを贈らせてくれないか？」

胸を押さえながら流れそうになる涙をグッと我慢する。我慢しないと、これから先何度もカウロの前で泣いてしまいそうだから。せっかく手にした幸せをこぼさないように大事に抱えながら、笑みを浮かべた。

「楽しみにしておりますわ」

エンディングを迎えた後も笑顔の絶えない生活が送れますように、と願いを込めて。

【エピローグ　祝福される王子妃】

号外が王都中にまかれてから半年が過ぎ——ランカとカウロは今日この日、正式に婚姻を結ぶ。

結婚式にはシュトランドラー王国内からだけではなく、アウソラード王国やリュサラード皇国を筆頭に大陸中から沢山《たくさん》の参列者が訪れている。

本日の主役であるランカとカウロはそれぞれ別の部屋でメイクと衣装を整えてもらう。カウロは白のタキシード、ランカは今日のために仕立ててもらった純白のドレスを。ドレスの裾にはカウロの希望で白と赤のコスモスがちりばめられている。

刺繍《ししゅう》を施したのはランカとイリスだ。三年間で立派な淑女の仲間入りを果たし、無事に針子見習いになったイリスに話を持ちかければ、迷うことなく承諾してくれた。

「ランカ様のお役に立てて光栄ですわ！」

両手を組み「早速デザインを決めなければ」と想像を膨らませた——と、ここまでは良かった。その後、他の子ども達に自慢して回ったことで彼らが駄々をこねたのは良い思い出だ。特に順調に剣の才能を伸ばしつつあるミゲロなんて半泣きで「俺、これできない……」とボロボロの端切れを手に打ちひしがれていた。

さすがに可哀想だったので、ミゲロ達には紙の花を作ってもらうことにした。お誕生日会や発表会で飾るようなもので、王家の結婚式には不似合いかもしれない。けれどカウロもいいなと頷《うなず》いてくれたから、出来た花を張り付けて花輪として入り口に設置した。『プラッシャー学校生徒一同』なんて少し恥ずかしかったが、飾られた花の分だけ子ども達の才能が花開く手伝いが出来たようで胸が温かくなった。

ランカはドレスにお花、当日のメイクに髪型、食事に会場整備と率先して結婚式準備に走り回った。今まで積み重ねてきたものの多さを表しているようで、忙しくなればなるほど嬉《うれ》しくてたまらなかった。

その日も大量の資料を胸元に抱え、早足で城内を闊歩《かっぽ》していると、後ろからトントンと肩を叩《たた》かれた。

「ランカ」

心地の良い、愛《いと》おしい人の声。振り返ればカウロが呆《あき》れた表情で立っていた。

「ランカ。一人で何でもやろうとしないでくれ。私もいる」

「カウロ王子」

「二人の結婚式なんだ。私にもやらせてくれ。手始めに二人で会場の物品配置と警備配置を確認しよう」

カウロはそう言って、ランカが抱えている資料と同じくらい分厚いファイルを掲げる。楽しみなのは彼も同じらしい。

「それじゃあ行こうか」

「はい」

差し出される手に手を重ね、歩き出す。恥ずかしさで俯《うつむ》き、けれど気になって視線を斜め上に動かせば、カウロと視線が交わる。そしてどちらからともなく笑みがこぼれた。カウロと結ばれてから、ふとした瞬間に幸せが溢《あふ》れ出す。いつか枯渇してしまうんじゃないかなんて心配さえも包み込んでしまうほど。触れた場所はいつだって温かかった。


「綺麗《きれい》だ。ランカが娘であったことを誇りに思う」

「お父様、大げさですわ」

「大げさなんかじゃない！　会場に集まる人々の中にはランカ自身が築いた縁があったからこそ、足を運んだ者も多い」

「お父様……」

「だから胸を張りなさい」

「はい！」

すでにこぼれそうになる涙をこらえた父に見送られ、カウロの手を取った。頭にはティアラが飾られるため、花冠は乗せられない。代わりに思い出の花畑で摘んだコスモスで作ったブーケを胸の前に持っている。式が終わったら、カウロがプリザーブドフラワーにしてくれるそうだ。彼が処理方法を知っていることは意外だったが、恥ずかしそうに頬を掻《か》いて「花冠を保存出来るようにと教えてもらったんだ」とこぼすと、コスモスの花冠を見せてくれた。一年生の初めての長期休暇で作ったものらしい。アターシャに教えてもらったと伝える時は少し言いづらそうに視線を逸《そ》らした。

まさかそんなに前から協力してくれたとは思わず、恥ずかしくて顔が赤くなった。リュサラード皇国との国交の関係で頻繁に海を渡っているのだというアターシャとは、まだゆっくり話す機会はないが、お礼だけではなく謝罪の必要もありそうだと考えを改める。けれどそれは迷惑をかけたことへの謝罪であって『カウロを取ってしまってごめんなさい』なんて伝えるつもりはない。そんな勝者と敗者が存在するような言葉は必要ない。きっとアターシャもそれを望まない。彼女が会場のどこかで見守ってくれていることを願いながら、カウロと共に大きく足を踏み出す。

結婚発表をした二人は、卒業パーティーの時よりもずっと多くの人達から向けられた祝福に包まれる。会場を見下ろせば、来賓席にはアサドとフィリアが肩を抱きながら涙を拭《ぬぐ》っていた。その隣にいるのはリュサラード皇国の方達だろうか。ゲームではあまり気にならなかったが、和服と漢服を混ぜたようなデザインはよく目立つ。だが一番目立つのは来賓席の隣に設けられた特別スペースだ。明らかに異彩を放っている。

ランカが確認した際にはなかったはずのスペースには見覚えのある少女の姿があった。アターシャだ。クリーム色のパーティードレスに花の髪飾りと非常にシンプルな装いだが、彼女の魅力を存分に引き立てている。王子とその婚約者の結婚発表とはいえ、普通にしていれば声をかける男性もいるだろう。だが彼女は首から一台、三脚に固定しているものが一台、さらに望遠型で一台と計三台の魔道写真機を用意し、しきりにシャッターを切っているのだ。

見守ってくれているどころではない。城の使用人を数人サポートに就かせ、最高の一枚を撮ろうとの意気込みが見える。さながら撮影班といったところか。今日も今日とてスチル回収に勤《いそ》しんでいる。感心すべきか、呆れるべきか。とりあえずランカが出来ることといえば、一度奥に下がったタイミングで使用人に「来賓席の隣にいる、魔道写真機を持った女性に飲み物をお出しして」と頼むことだけだった。

髪とメイクを直すために部屋に戻る途中、沢山の声が耳をくすぐった。

「ランカ様！　カウロ王子！」

「みんな……」

「ご結婚おめでとうございます」

学校の子ども達が差し出したのは様々な花が混ざった花束だった。カウロにブーケを預け、ランカは子ども達から花束を受け取った。よく見ればどれも子ども達が大事に育ててきた学校の花壇に植えられた花だ。最近は熱心に育てていると聞いていたが、まさか今日のためにお世話を頑張ってくれていたのか。

まとめるのに使用したリボンには細かい刺繍が施されていた。おそらくドレス同様、イリスが頑張ってくれたのだろう。目頭に熱が集まり、視界が歪《ゆが》んでしまう。花を涙で濡《ぬ》らさないようにと必死でこらえるランカの前に、ミゲロが飛び出した。そして元気な声で宣言した。

「俺はイリスみたいに器用じゃないし、今はまだお花を渡すくらいしか出来ないけど……でも将来は二人のお役に立てるように頑張るから！」

「ずるい、ミゲロ！　俺も！　俺も頑張るから！」

「私も！」

「僕も僕も！」

ミゲロの言葉を皮切りに、子ども達はランカとカウロを囲んで声をあげる。ついにランカはこらえることを忘れ、涙をこぼす。カウロは何も告げず、肩を貸してくれた。ああ、本当にこんなに幸せでいいのかな。まだ会場に顔を出さなければいけないことも忘れ、ぽろぽろとこぼれ落ちた涙を止めたのは彼女だった。

「あれ、ランカ様が泣いてる」

「アターシャ、様」

魔道写真機を首から下げ、目を丸くしている。だがそれもほんの一瞬のことだった。

「初めまして、でいいのかな？　スチル回収に参りました。写真撮るからみんな並んで」

アターシャの声で反応する子ども達の位置を写真写りがいいように調整しつつ、最後列の真ん中にはぽっかりと穴を作る。そしてその場所にカウロとランカを案内する。

「はい、じゃあいきますよ〜。はい、チーズ」

この世界に存在しないかけ声にみんな驚いていたが、アターシャは構わず「続けて三枚いきますよ〜」とシャッターを押し続ける。そして宣言通り四枚の写真を撮り終わると、深く頭を下げた。

「ありがとうございました。では後日、卒業パーティー分と今日の分を合わせてお届けいたしますので〜」

ひらひらと手を振って立ち去る彼女はどこまでもマイペースで、思わず笑みがこぼれた。

「カウロ王子。私、今とても幸せです」

「私もだ」

未来を恐れ、逃げ道を探し続ける悪役令嬢はもういない。

幸せを抱きしめる少女は愛しき人と共に明るい道を歩むのだ。

あとがき

初めまして。斯波と申します。

本作はこんなお話が読みたいとSNSで呟いたところからスタートしました。書いてみるといいと背中を押され、短編が完成し、縁あって本にまでして頂けました。悪役令嬢ものに石油を出したいとの一心で書き始めた本作ですが、ウェブに載せている分では一冊の本にするには文字数もエピソードも足りないということで書籍化するにあたって好きなものをいろいろ詰め込むことにしました。恋愛要素はもちろん、サブキャラ達もパワーアップしております。すでにウェブでお読みになった方もそうでない方も楽しんで頂けるお話になったのではないかと思います。

またこの場所を借りてお礼を。最後まで面倒を見てくださった担当様。美麗イラストを描いてくださったザネリ先生。ウェブ版を応援してくださった方々。あとがきまで付き合ってくださった読者様。出版に関わってくださった全ての方にお礼申し上げます。本当にありがとうございました。

路頭《ろとう》に迷《まよ》いたくない悪役令嬢《あくやくれいじょう》は断罪《だんざい》エンド後《ご》に備《そな》えて『投資《とうし》』を始《はじ》めた

2021年2月5日　初版発行

初出……「路頭に迷いたくない悪役令嬢は断罪エンド後に備えて『投資』を始めた」
小説投稿サイト「小説家になろう」で掲載

著者　斯波

イラスト　ザネリ

発行者　野内雅宏

発行所　株式会社一迅社
〒160-0022 東京都新宿区新宿3-1-13 京王新宿追分ビル5F
電話　03-5312-7432（編集）
電話　03-5312-6150（販売）
発売元：株式会社講談社（講談社・一迅社）

印刷所・製本　大日本印刷株式会社
ＤＴＰ　株式会社三協美術

装幀　世古口敦志・前川絵莉子（coil）

ISBN978-4-7580-9335-4

おたよりの宛て先

〒160-0022 東京都新宿区新宿3-1-13 京王新宿追分ビル5F
株式会社一迅社　ノベル編集部
斯波《しば》 先生・ザネリ 先生